AF745835

www.ingramcontent.com/pod-product-compliance
Lightning Source LLC
LaVergne TN
LVHW050753051026
849532LV00008B/2857

* 9 7 8 9 3 5 8 7 2 0 5 6 3 *

دھرتی کا دکھ

(افسانے)

فریدہ زین

Dharti ka dukh *(Short Stories)*

by: Farida Zain

Edition: November '2025
Publisher :
Taemeer Publications LLC (Michigan, USA / Hyderabad, India)

ISBN 978-93-5872-056-3

9 789358 720563

کتاب	:	**دھرتی کا دکھ** (افسانے)
مصنفہ	:	**فریدہ زین**
صنف	:	فکشن
ناشر	:	تعمیر پبلی کیشنز (حیدرآباد، انڈیا)
سالِ اشاعت	:	۲۰۲۵ء
صفحات	:	۸۶
سرورق ڈیزائن	:	تعمیر ویب ڈیزائن

فہرست

دِل ڈھونڈتا ہے.....

وہ بڑی دیر سے راہ تک رہی تھی۔ آسمان پر دور دور تک سیاہی پھیل ہوئی تھی۔ کبھی کبھار بجلی چمک کر زندگی کا احساس دلاتی تھی۔ اس کی آنکھوں میں انتظار کی شمعیں جل رہی تھیں۔ گالوں پر سنہرے سپنے سجے تھے۔ لبوں پر بادۂ سحر کا نشہ، آنکھوں میں چاہت کا خمار۔ اگرچہ فلک کی سیاہی دور دور تک پھیلی ہوئی تھی لیکن اس کے دل میں آس کا ننھا سا دیا ٹمٹما رہا تھا۔

دفعتاً فلک کے ایک گوشے سے ستارہ ٹوٹا اور زمین کی پنہائیوں میں گم ہوگیا۔ اس کا دل دھک دھک کرنے لگا۔ ماتھے پر پسینے کی بوندیں چمک گئیں۔

"نہیں ـــــ ایسا نہیں ہو سکتا ـــــ وہ آئے گا۔ ضرور آئے گا ـــــ" دھڑکتے دل سے صدا نکلی اور اس کا سارا وجود جیسے بھیگ گیا۔ یوں لگا جیسے گلاب کی نازک پتی بارِ شبنم نہ سہہ سکی ہو۔

عنبرینہ ـــــ میں تمہارا ہوں۔ تمہاری رگِ جان کے قریب ہوں۔ تمہاری نس نس میں ہوں۔ تمہاری ہر سانس میں ہوں۔ تمہاری

روح کی گہرائیوں میں ہوں، تمہارے دھڑکتے دل کی صدائیں ہوں۔ تمہاری زلفوں کی مہک میں ہوں۔ تمہارے لبوں کی سرخی میں ہوں۔ تمہارے پلکوں کی نمی میں ہوں۔ تمہارے عارض کے بھنور میں ہوں۔ تمہاری آنکھوں کے پیمانے میں ہوں۔ میں صرف اور صرف تمہارا ہوں۔"

یہ جملے اس کے دردِ دل پر دستک دینے لگے اور وہ بند کواڑ کھولنے لگی.....

اس دن بارش کھل کر برسی اور مدتوں بعد جیسے دھوپ کی چاندنی فضا میں پھیل گئی۔ ہر چیز اُجلی اُجلی نکھری نکھری سی تھی جیسے سارا میل قدرت نے دھو دیا ہو، مٹی کے ذروں میں بھی عجیب سی چمک آگئی تھی، یوں محسوس ہو رہا تھا جیسے زمین نگینے اگلنے لگی ہو۔

اس کی کار فراٹے بھرتے رینگ رہی تھی دفعتاً بریک کا جھٹکا لگا جس نے خود اس کے وجود کو بھی جھنجھوڑ کر رکھ دیا۔ اس کے بعد کیا ہوا اسے کچھ پتہ ہی نہیں چلا۔

اور جب ہوش آیا تو اس نے دیکھا اس کے روبرو سفید کپڑوں میں ملبوس کوئی شخص بستر پر دراز تھا۔

"میں ..... میں کہاں ہوں ____" مریض نے کروٹ بدلتے ہوئے کہا۔

"تم محفوظ ہو ____ تمہیں آرام کی ضرورت ہے۔" یہ ڈاکٹر کی آواز تھی۔

"لیکن یہ سب ____ یہ سب کیسے ہوا ____" اس نے اپنا زخمی بازو سہلا کر کہا۔

"اتفاق کی بات ہے۔ تم ان کی کار سے ٹکرا گئے۔" اس لئے تمہیں ہاسپٹل آنا پڑا۔"

"میں ..... میں ٹکرا گیا ___ یا میری تقدیر ٹکرا گئی۔"

اس نے عجیب سی نظروں سے عنبرینہ کو دیکھا۔ وہ کچھ گھبراہٹ اور کچھ ندامت کے سایہ میں پناہ لے رہی تھی۔

"ہم ..... معاف کیجئے۔ میری وجہ سے آپ کو بہت تکلیف ہوئی۔" عنبرینہ کے یاقوتی لب کھلے۔

"معافی کا یہ انداز بھی نرالا ہے۔ لگتا ہے گھائل کرنا آپ کا شوق ہے۔" اس بار اس کے لہجے میں کچھ تلخی سی آ گئی۔

"ڈاکٹر میں گھر جانا چاہوں گا ___"

"ضرور جائیے مگر آج نہیں کل ___ او کے ___"

ڈاکٹر اتنا کہہ کر باہر نکل گیا۔

"کل ___ یہ "کل" بہت خطرناک لفظ ہے۔ میں نے اپنی زندگی کی ڈکشنری سے اسے نکال پھینکا ہے، کیا آپ اس کل کی قائل ہیں۔" ___ اس کا سوال عنبرینہ کو انوکھا لگا۔

"کہیں آپ شاعر تو نہیں ___ اس نے پوچھا"

"ایک مکمل غزل اگر سامنے آ جائے تو شاید شاعری کر ہی لوں۔"

اس کی نظریں بڑی عمیق ہو گئیں۔

"جی ___" عنبرینہ کا منھ کھل گیا جیسے گلاب کی بند کلی چٹک گئی ہو۔

"اچھا یہ بتلائیے آپ مجھے ہاسپٹل کیوں لے آئیں۔ وہیں

سڑک پر کیوں نہیں چھوڑ دیا ——"

"انسانیت بھی تو کوئی چیز ہے ——" عنبرینہ نے جواب دیا۔ وہ ایک بھیانک قہقہہ لگا بیٹھا۔ عنبرینہ گھبرا سی گئی۔

"آپ شاید گھبرا گئیں۔ مجھے پاگل سمجھ لیا ہوگا —— سچ تو یہ ہے کہ یہ لفظ اتنا بوسیدہ ہوگیا ہے کہ اسے پیوند بھی نہیں دیا جاسکتا۔"

"میں آپ کا مطلب نہیں سمجھی ——" عنبرینہ حیرت میں پڑ رہی تھی۔

"آپ کیا کرتے ہیں ——؟"

"غم روزگار کا مارا ہوں تلاش معاش کرتا ہوں مگر ...."

"میرے پاپا کی فیکٹری میں آپ کام کریں گے ——" عنبرینہ نے پوچھا۔

"نوازش —— کرم —— مہربانی"

اور پھر مسافر کو منزل، بیمار کو مسیحا، زخم کو مرہم، درد کو درمان مل گیا۔

"اس روز اگر میں تمہاری کار سے نہ ٹکراتا تو پھر محبت اور نوازش کی یہ سوغات کہاں ملتی مجھے ——" اس کی آنکھوں میں جیسے ارمان جھانک رہے تھے۔

"باتیں بڑی اچھی کرتے ہو تم ——" عنبرینہ کھلکھلا کر ہنس پڑی۔ موتیوں کی قطار چمک اٹھی۔

"یہ انداز بھی تم ہی نے سکھایا۔ بتوں کو دیکھ کر ہی تو بت پرستی آتی ہے۔"

"سچ مچ بڑی دلنواز باتیں ہیں تمہاری۔"

"دلنوازی کے ساتھ جاں نثاری بھی ہمارا شیوہ ہے۔"

دور کسی پرندے نے آواز لگائی اور فضا کا سکوت دم توڑ گیا

آنسو کا ایک قطرہ اس کے گالوں پہ ٹھیرا ہوا تھا۔ اس نے آنچل سے چہرہ صاف کیا اور نیچے بیٹھ گئی۔ مٹی پر آڑے ٹیڑھے لکیریں کھینچتی ہوئی وہ پھر ماضی کے صحیفے الٹنے لگی......

"جانے وہ کونسا لمحہ تھا وہ جب تم مجھ سے ملیں، زندگی کی ساری رعنائی مل گئی مجھے مگر خوف ہے وقت کا خطرناک پہرہ دار مجھے جکڑ نہ لے، تم سے دور نہ کر دے ____" اس شام جب سورج ڈوب رہا تھا اس نے عنبرینہ سے کہا۔

"کیا تم سچ مچ مجھ سے اتنا پیار کرتے ہو۔" عنبرینہ نے کریدا۔

"پیار ____ ہونہہ" وہ بے دلی سے مسکرا پڑا۔ اس نے ایک مٹی خاک اپنے ہاتھ میں بھر لی اور پھر اسے فضا میں بکھیر دیا۔

"دیکھا تم نے خاک پھر خاک میں مل گئی۔ میں بھی تم میں ایسے ہی سما جانا چاہتا ہوں۔ تم اور میں بس اور تم ایک ہو جائیں۔"

"کیا یہ ممکن ہے ____"

"تم اسے نہیں مان سکتیں۔ یہ تمہارا خیال ہے اور میں اسی کو زندگی کی سب سے بڑی سچائی مانتا ہوں۔ تم مجھے مل گئیں گویا جنت مل گئی اور تم مجھ سے بچھڑ گئیں تو گویا میں بے جان ہو گیا۔ تم کو نہ پا سکا تو تمہارے قدموں کی خاک کو پا لوں گا۔ اس خاک کو اپنا لوں گا جس خاک پر تمہارے نقش پا کا عکس ہو، یہی میری محبت کی معراج ہے۔" وہ جذبات میں ڈوب گیا۔

"اتنے جذباتی مت بنو ____ سنجیدگی سے سوچو اس کا

حل کیا ہو گا۔" عنبرینہ تلاش منزل چاہ رہی تھی۔

"میں نہیں جانتا ـــــ ہو سکتا ہے تم اسے دل لگی سمجھو اور میں دل کی لگی۔ سماج، دولت، خاندانی رسم و رواج، اونچ نیچ ذات پات یہ تمام باتیں ہر دور میں محبت کی دشمن رہی ہیں۔ پتہ نہیں میری چاہت کو کونسا ناگ ڈس لے گا میں جانتا ہوں ایک مفلس شاعر کسی دولت مند حسینہ کو صرف محبوبہ بنا سکتا ہے۔ شریک زندگی نہیں، لیکن یہ کیا کم ہے کہ تم میری نگاہوں کی جنّت میرے خیالوں کا مدعا، میرے غم کا مداوا ہو، تم ہی میرے لئے صنم ہو تم ہی میرے لئے خدا ہو۔"

"کلمات کفر اچھے نہیں ـــــ عنبرینہ نے جھک کر کہا۔

"اس کی سزا موت کے سوا اور کیا ہو سکتی ہے۔ مگر ہر قطرۂ خون تمہارا ہی نام لکھے گا۔" شاعر کی محبت معراج پر تھی۔ عنبرینہ کے چہرے پر حیا کی سرخی چھا گئی جیسے آسمان شفق میں ڈوب گیا ہو۔

ایک صبح جب ستارے تھک چکے تھے۔ چاند سوگوار ہو رہا تھا عنبرینہ کے مکان پر کال بیل بج اٹھی، گلابی نائٹ گون میں ملبوس آنکھیں ملتی وہ باہر نکلی۔

تعجب، خوشی اور حیرت کے ملے جلے جذبات سے اس کا چہرہ سورج کی پہلی کرن کی طرح تابناک ہو گیا۔

"آپ ـــــ!!"

"ہاں ـــــ میں ـــــ" وہ سوٹ کیس لئے اندر داخل ہوا

"اچانک، اتنے دن بعد ـــــ بغیر اطلاع ـــــ"

عنبرینہ نے سوالات کی بوچھار کر دی۔

"ان تفصیلات میں مت جاؤ۔ بس یہ سمجھ لو کہ ایک پرانا پاپی اپنی دیوی کے آگے پچھتاوے کی آگ میں جل کر معافی کی بھیک مانگنے آگیا ہے۔ خطاوار ہوں جو چاہے سزا دو مگر اتنا یقین رکھو تم سے ہزاروں میل دور رہ کر بھی میں تم سے دور نہ رہ سکا۔" آنے والے مہمان نے عنبرینہ کے ہاتھ تھام لئے

ایک سرد آہ اس کے لبوں سے نکل گئی۔

"تمہیں خوشی نہ ہوئی میرے آنے کی ــــــ!"

"نہیں سوفی۔ یہ بات نہیں۔ میں تو ابھی تک اسی غفلت میں ہوں کہ شاید محو خواب ہوں۔"

"تمہارے خواب اب حقیقت بن جائیں گے۔ تمہارا انتظار اب رنگ لائے گا۔ حنائی سرخی ہتھیلی پر پھیلے گی۔ مانگ میں افشاں چمکے گی سرخ گھونگھٹ میں چاند جگمگائے گا۔ غم روزگار نے بہت دور کر دیا تھا، مجھے تم سے۔ چار سال کی طویل مدت تم نے کتنے کرب و اضطراب میں گذاری ہوگی۔ تم چاہو تو ایک ایک لمحے کا بدلہ لے سکتی ہو۔ راہ کی صعوبتیں سہنے کے بعد منزل مل جائے تو کیا مسافر اسے کھو دے گا۔ صبح کا بھولا شام کو گھر آئے تو کیا معاف نہیں کیا جا سکتا ــــــ دیسے مجرم تمہارے سامنے ہے۔" اس نے سر جھکا کر کہا۔

"بدھو ــــــ" عنبرینہ نے اس کا سر سہلا کر پیار سے کہا۔

پھر کارواں وقت آگے بڑھ گیا۔ شاعر کی زندگی سراپا انتظار بن گئی انتظار ــــ انتظار ــــ انتظار۔ کتنی تڑپ اور کتنی کسک ہوتی ہے اس لفظ میں آدمی کبھی مرتا ہے کبھی جیتا ہے۔ کبھی اس کا وجود کھو جاتا ہے کبھی

اس کی پلکیں گیلی ہو جاتی ہیں. کبھی اس کی آنکھوں میں ستارے جھلملاتے ہیں کبھی دل میں ہوک اٹھتی ہے کبھی لب تھر تھراتے ہیں اور کبھی سانس میں تناؤ پیدا ہو جاتا ہے. وہ سراپا تصویر درد بن جاتا ہے۔

شاعر بھی کچھ ایسی ہی کیفیت سے دو چار تھا. عنبرینہ کئی دن سے اس سے ملنے نہیں آئی، اور پھر اچانک ایک اداس شام کو وہ چلی آئی۔

"کس جرم کی سزا دے رہی ہو، کس بات کا انتقام لے رہی ہو، کیوں خوشبو بکھیر کر چلی گئی ہو، کیوں آس کا دیا جلا کر چھوڑ گئی. کیوں نیّا کو منجدھار میں ڈال دیا، کیوں میری روح کو گھائل کر دیا. تمہارے بغیر میں لاشۂ بے کفن بن گیا عنبر —— خدارا سنبھالو مجھے۔" وہ بہت دکھی تھا.

"میں مجبور تھی ——" صرف ایک ہی جملہ اس کے لبوں سے نکلا۔

"انتظار کے اتنے کاری زخموں کا مرہم یہ جواب نہیں ہو سکتا جانتی ہو میری آنکھیں پتھرا گئیں، تمہاری راہ تکتے تکتے ——" شاعر کا لہجہ گھمبیر ہو گیا۔

"سنو! ہو سکے تو ..... مجھے بھول جاؤ —— یہ سمجھو کہ میں ایک رہگذر ہوں تمہاری منزل نہیں. تم راہی تھے پیار کے راستے کے —— پل بھر کے لئے اس راہ سے گذرے اور آگے بڑھ گئے. بھلا دو ان لمحوں کو جو میرے ساتھ گذرے۔" عنبرینہ کے سینے میں ہلچل تھی.

"نہیں ——" شاعر کا دل تڑپ اٹھا. "نہیں خدارا. ایسا پھر نہ کہو. کبھی نہ کہو۔"

"مگر میں زیادہ دیر تک تمہیں گھنی چھاؤں نہیں دے سکتی

حقیقت کی تپتی دھوپ سے بھی گذرنا ہے تمہیں۔ سمجھ میں نہیں آتا کہ آغاز کہاں سے کروں"۔ عنبرینہ کے لب لرز گئے۔

"مجھے کسی آغاز و انجام کا پتہ نہیں وہ لمحہ جب تم سے نظر ملی اور دل تمہارے قدموں میں سر بہ سجود ہوگیا وہی میری ابتدا اور وہی انتہا ہے" شاعر کہیں اور گم تھا۔

"نہیں نہیں نہیں ——— وہ چلا اٹھی۔" تم نے غلط سمجھ لیا۔ ہمدردی اور خلوص کو محبت کا نام دیدیا۔ میری مہربانیوں اور نوازشوں کا غلط مطلب لے لیا۔ میں تمہاری ہو بھی کیسے سکتی تھی جب کہ میں صوفی سے وابستہ ہوں۔ صوفی ——— ہاں صوفی میری روح میرا ایمان میرا منگیتر ———" لاوا اُبل اُبل کر گرتا رہا اور شاعر جھلسنے لگا۔ شاعر نے محسوس کیا، آسمان شق ہوا بجلی تڑپی اور آشیانہ جل گیا۔

"سوچو ——— میں تم سے کیسے وابستہ ہو سکتی تھی۔ تمہارا اور میرا ملاپ ناممکن تھا۔ ہاں اتنا ضرور کہوں گی کہ تم میرے لئے گھنی چھاؤں ضرور بن گئے جہاں میں صوفی کے انتظار کی جھلسا دینے والی دھوپ سے تنگ آ کر سستانے بیٹھ گئی۔ لیکن اس کا یہ مطلب کہاں ہوا کہ تمہیں میری منزل ہو۔ میری کشتی کا ناخدا مجھے صبر کے منجدھار میں چھوڑ کر پردیس چلا گیا تھا۔ میں جی رہی تھی آس میں، اُمید پر، تنہائی کے اس صحرا میں مجھے دور ایک بہتا دریا نظر آیا۔ اندھیری رات میں ایک ننھا سا دیا جل رہا تھا۔ میں لپک کر اس کے قریب پہنچ گئی کیونکہ مجھے اجالوں کی چاہ تھی، سکون کے چند لمحے چاہیئے تھے۔ انتظار کی صلیب پر اور زیادہ دیر تک کھڑے رہنے کی قائل نہیں رہی تھی۔ میں نے دوڑ کر دیئے کی لو کو پکڑنا چاہا کہ دفعتاً طلوع سحر ہوئی، آفتاب کی

پہلی کرن نکل آئی اور میں واپس لوٹ گئی، کیونکہ میرا صوفی لوٹ آیا تھا۔"
عنبرینہ نے داستان زندگی مکمل کردی۔

"اوہ ____ تو یہ کہو کہ تم میرے دل کو چند حسین داغ اور میرے تخیل کو چند خوبصورت زخم دے کر اپنا وقت بہلاتی رہیں اور میں انہیں وفا کے موتی سمجھ کر چنتا رہا۔"

"تم سے ملنا، تم سے باتیں کرنا، تمہارے ساتھ وقت گذارنا میرے لئے تسکین جان تھا مگر مقصود زندگی نہیں۔ التفات، خلوص اور نوازشوں کو محبت کا نام نہ دو۔ وفا اور جفا کا ذکر ان قصوں میں نہیں ____"
عنبرینہ کے الفاظ بارود کے دھماکے بن گئے۔

"تمہارا یہ کھیل دلچسپ ہونے کے ساتھ ساتھ دلگداز بھی رہا عنبرینہ ____ تم نے ٹھیک ہی کہا۔ نوازشیں اور مہربانیاں اتنا حق کہاں دیتی ہیں کہ وفاؤں کا حساب مانگا جائے۔ تمہارے انتظار کے لمحے میرے ساتھ فرصت میں کٹ گئے۔ چلو اچھا ہوا، انتظار کی آگ برف تو بن سکی تنہائی کے صحرا میں کہیں سائبان تو ملا نہیں، اندھیری شب میں کوئی ننھا سا دیا تو کہیں روشن ہوا۔ اب چاہے یہ سائبان رہے نہ رہے، یہ دیا جلے نہ جلے ____"

میں..... میں شاید تم سے جیت نہ سکوں، ہو سکے تو مجھے معاف کر دینا ____" عنبرینہ اتنا کہہ کر باد صبا کے جھونکے کی طرح چلی گئی۔ مگر شاعر خزاں رسیدہ پتے کی طرح لرز گیا۔

وقت کا پہیہ گھومتا رہا اور پھر اس روز رک گیا جب صوفی کی کار سے کوئی ٹکرا گیا۔ خون سے تر بتر لاش پر سے جب چادر ہٹائی گئی تو

عنبرینہ کی خاموش چیخ فضا میں گونج اٹھی۔

"نہیں شاعر ——— نہیں تم نہیں مر سکتے۔"

"بے شک میں نہیں مر سکتا، میں نہ کہا تھا کہ تم کو نہ پا سکا تو خاک پا کو اپناؤں گا۔ اسی خاک میں مل جاؤں گا جس سے تم بنی ہو ——— پھر میں کیسے مٹ سکتا ہوں۔" شاعر کے جملے فضا میں باز گشت کرنے لگے۔

آج سات سال بعد جب وہ واپس وطن لوٹی تو سب سے پہلے وہ شاعر کی مزار پر پہونچی۔ ہر طرف ویرانی اداسی اور سناٹا تھا، خاک ہی خاک بکھری پڑی تھی۔ جانے کیوں وہ اسے بے حد یاد آگیا ——— وطن کی سرزمین پر قدم رکھتے ہی اس کی یاد نے دل میں ہلچل مچادی۔ وہ بھول چکی تھی کہ کوئی اس کی زندگی میں قوس و قزح کے رنگ بکھر کر چلا گیا تھا۔ اس کی تنہائی کے آتش کدے کی سلگتی ہوئی لکڑیوں پر اپنے بے پناہ محبت کے پانی کا چھڑکاؤ کر چکا تھا۔ اپنے چار بچوں اور اپنی گرہستی صوفی کی قربت میں وہ ان لمحوں کو بھول چکی تھی۔ نہ غم جاناں رہا نہ غم دوراں ——— مگر آج وطن کی زمین پر قدم رکھتے ہی خلا میں باز گشت ہونے لگی۔ ہوا کے جھونکے پکار پکار کر کہہ رہے تھے۔" اسی خاک میں بکھر جاؤں گا جس کی تم بنی ہو۔ ——— اور وہ رک نہ سکی۔ کچھ اور نہ سہی وہ اس کا غم خوار، چارہ گر اور دوست تو تھا۔ اس کے قدم قبرستان کی طرف اٹھ گئے، شاعر کی قبر پر پھول ہی پھول کھل اٹھے۔ محبت کی آنکھ سے ٹپکا ہوا ایک ایک آنسو کچی کلی بن کر اس کی قبر پر برس رہا تھا۔ وہ بڑی دیر تک اس کے قبر کی خاک ہاتھ میں لیے بیٹھی رہی۔ دفعتاً کسی پرندے کی چہچہاہٹ نے اسے چونکا دیا وہ خاک ہتھیلی سے جھٹک کر اٹھ گئی آنچل سے آنسو خشک کئے اور باہر

نکل گیا۔

"مما ــــ یہ کس کی قبر تھی ــــ؟"

"تم کیوں اداس ہوگئیں"

"کون لگتے ہیں یہ ہمارے ــــ؟"

بچوں نے سوالات کی بوچھار کردی، کیا جواب دیتی وہ ان کو۔ کس رشتے کا نام دیتی، کیسے سمجھاتی کہ احساس کے رشتوں کا کوئی نام نہیں ہوتا۔ بس ایک سرد آہ اس کے لبوں سے نکلی۔

"شش ــــ مما سے کوئی سوال مت کرو۔ لگتا ہے مما اس سے بہت پیار کرتی ہیں ــــ" ننھا پپو اپنے بھائی بہنوں سے کہہ رہا تھا۔ شمو نے مما کا موڈ ٹھیک کرنے ریڈیو کا سوئچ کھول دیا۔ دھیمے سروں میں کوئی غالب کی غزل گا رہا تھا ؎

دل ڈھونڈتا ہے پھر وہی فرصت کے رات دن
بیٹھے رہے تصورِ جاناں کیے ہوئے

عنبرینہ نے اپنا سر سیٹ سے ٹیک دیا اور آنکھیں موندلیں آبشار بہہ نکلا، کار آگے بڑھ گئی۔

پھول انتظار کے

میں ابھی ابھی قبرستان سے لوٹا ہوں، میرے پیر دزنی ہو گئے ہیں۔ سر درد سے جکڑا ہوا ہے۔ میری آنکھیں خشک آنسوؤں کی وجہ سے جلنے لگی ہیں۔ حلق سوکھ رہا تھا۔ پسینے کی وجہ سے میری شرٹ مجھ سے لپٹ گئی ہے۔ میں سیدھے نل کے پاس پہونچا۔ منھ ہاتھ دھو کر اپنے کمرے میں گیا۔ اور بستر پر دراز ہو گیا۔ آنکھیں بند کرلیں یوں لگا جیسے کوئی سرگوشی کر رہا ہو۔

"فرحان بیٹے ...... میں نے آج تمہارے لئے شامی کباب بنائے ہیں۔ رات کو میرے ساتھ ہی کھانا کھالینا۔"

یہ شاہی آنٹی ہی کی آواز تھی یقیناً یہ وہی تھیں۔ نام تو ان کا شہابی بیگم تھا مگر بچپن میں ماں باپ نے پیار سے اسے بگاڑ کر شاہی کر دیا اور بس تب سے وہ شاہی ہو گئی۔ کل کی شاہی باجی آج ہم سب کی شاہی آنٹی بن گئیں۔ عمر چاچا کی سگی بہن اور سارے محلے کی شاہی آنٹی۔

رنگت شہابی جو ان کے نام کے ساتھ مطابقت رکھتی تھی۔ بڑی بڑی سرمگیں آنکھیں، اونچی ناک اس میں جگمگاتی ہیرے کی کیل، چھوٹا سا دہانہ پان کی سرخی لئے پتلے پتلے ہونٹ، گوری گوری کلائیاں جن میں ہر وقت لاڑ بازار کی نت نئے چوڑیوں کے جوڑے سجے رہتے، مخروطی انگلیوں میں سونے کی انگوٹھی

کے ساتھ عقیق کی انگوٹھی بھی ہوتی۔ پیر میں چاندی کی بہت ہی نازک پازیب جن میں چھوٹے چھوٹے گھنگھرو لگے ہوئے تھے۔ جب وہ چلتیں تو دھیرے دھیرے بجنے لگتے اور ماحول ترنگوں میں ڈوب جاتا۔ گلے میں سونے کا رانی ہار اور اس کے ساتھ روایتی کالی پوت کا لچھا۔ پرنٹڈ ساڑھی میں میں نے ان کو کبھی نہیں دیکھا۔ ہر رنگ کی پلین ساڑی ان کے پاس موجود تھی، جس پر بڑے ہی مناسب انداز کا بارڈر ٹنکا ہوتا اسی رنگ کا پوری آستین والا بند گلے کا بلاؤز۔ کیا مجال کہ کبھی پلو سر سے ڈھلکے یا ان کا شہابی رنگ کمر یا پیٹھ کے کسی حصے سے چھلک جائے عمر چاچا کے بڑے دالان میں بیچوں بیچ ایک تخت بچھا رہتا۔ جس پر وہ براجمان ہوتیں۔ سفید چاندنی پر ریشمی قالین بچھی ہوتی۔ گاؤ تکیوں پر گلابی مخمل کے غلاف تخت کے ایک کونے میں پاندان، خاصدان رکھا ہوتا۔ ایک چھوٹی سی خوبصورت صراحی جس پر کروشیا کا گلابی غلاف چڑھا رہتا۔ تخت کے بازو چھوٹے سے اسٹول پر رکھی ہوتی اور اس پر آیۃ الکرسی لکھا ہوا کٹورہ ڈھانکا ہوا رہتا۔

اولاد تو ان کو تھی نہیں محلے کے سارے بچے انہی سے لگے رہتے عمر چاچا کا گھر اچھا خاصا اسکول تھا جس میں چار سال کی عمر سے لے کر اٹھارہ برس کی عمر تک کے بچے اور بچیاں شامل رہتے۔ وہ ستاروں کے جھرمٹ میں چاند کی طرح جھلملاتی رہتیں۔ کبھی کسی نے گھر پکوان کرنے چلی گئی ہیں۔ تو کبھی کسی کے بیاہ کی تیاری میں لگی ہوئیں ہیں۔ کسی کے گھر کوئی بیمار ہو تو وہ تیمار داری کے فرائض سنبھال لیں گی۔ کوئی معاشی پریشانی کا شکار ہو تو وہی اس کی حاجت پوری کردیں گی ہر ایک کی زبان پر ایک ہی نام شاہی آنٹی ——— شاہی آنٹی۔ گویا وہ ہر درد کی دوا اور ہر تالے کی چابی بن گئیں۔

میں بھی ان کے بہت قریب تھا۔ مجھے وہ دن اچھی طرح یاد ہے

جب میں ٹائیفائڈ کا شکار ہو کر ہسپتال میں بھرتی کروا دیا گیا وہی میرے ساتھ رہیں۔ ساری ساری رات جاگ کر انھوں نے میری خدمت کی۔ امی نے بارہا گھر واپس جانے کو کہا، مگر وہ نہ مانیں۔ ممتا کے سارے چشمے ابل پڑے۔ کون کہتا ہے کہ کوکھ سے جنم دینے والی ہی ممتا دے سکتی ہے۔ عورت کا دل تو ایک عمیق سمندر ہے جس میں ماں کی ممتا، بہن کا پیار، بیٹی کی چاہ، بیوی کی محبت، محبوبہ کی وفا موجوں کی طرح ڈوبتی ابھرتی رہتی ہیں۔ میں شاہی آنٹی کی اس خدمت کو بھول نہ سکا میرے معصوم ذہن اور دل پر ان کا قبضہ ہو چکا تھا۔ میرے لئے زمانے بھر کی محبت ان کی آنکھوں میں سمٹ آئی تھی۔ وہ میرے شعور پر پوری طرح حاوی تھیں۔ ایک دن بھی ان کے بغیر سانس لینا دشوار تھا۔

چاندنی راتوں میں ہم اکثر انہیں گھیر کر بیٹھ جاتے۔ وہ ہمیں کہانیاں سنانے لگتیں۔ ——— کہانیاں کیا تھیں حقیقت ہی حقیقت تھی ان میں۔ ماضی کے اوراق وہ الٹتیں اور ہم ہمہ تن گوش ہو جاتے۔ ۱۹۴۷ء کے فسادات پارٹیشن اور ہنگاموں کے قصے کچھ اس انداز سے سنائیں، لگتا کہ بس اب ہونے ہی والے ہیں۔ مگر جانے کیوں وہ اچانک چپ ہو جاتیں، پتھر کی مورت بن جاتیں ان کی آنکھوں کے گوشے ستاروں سے جھلمل کرتے دکھائی دیتے، تبھی عمر چاچا ہم سب کو گھر بھیج دیتے اور انہیں سینے سے لگا لیتے۔ نمکین پانی کا آبشار ان کی آنکھوں سے بہہ نکلتا اور سسکیاں فضا میں پھیل جاتیں۔ میں شعور کی منزلیں طے کر رہا تھا اور یہ تجسس مجھ میں جاگنے لگا کہ آخر شاہی آنٹی کی زندگی کس رنگ میں ڈوبی ہوئی ہے۔

دیکھنے میں وہ چاق و چوبند تھیں مگر کبھی ایسی باتیں کرنے لگتیں گویا پاگل ہو گئی ہوں۔ ہر صبح فجر کی نماز کے بعد تلاوت قرآن کر کے خود کو سنوارتی

ان کی عطر کی خوشبو آہنی گیٹ سے ہی آنے لگتی۔ گاؤ تکیے کے بازو چاندی کی تھالی میں جوہی کے تازہ کھلے اجلے اجلے پھول ہمیشہ ان کے قریب رہتے۔ سارا دن وہ بچوں کے ساتھ مصروف رہتیں مگر شام آتی تو ان کا رویہ یکسر بدل جاتا۔

"چلو بچو۔ اب گھر جاؤ مجھے بھی بہت سے کام کرنے ہیں اب وہ آتے ہی ہوں گے۔ پکوان تو کرنا ہے مجھے کچھ چائے کے ساتھ تیار بھی کر لوں تھکے ماندے آئیں گے نا!" اتنا کہہ کر وہ چولھے کے پاس چلی جاتیں۔ ہم تمام بچے ایک دوسرے کا منھ تکتے رہ جاتے تبھی عمر چاچا ہمیں یوں سمجھاتے۔

"بچو۔ جاؤ۔ وہ اب تم سے کل ہی ملے گی، اس وقت تو وہ اپنی دنیا میں مگن ہے۔" اور جانے کیوں عمر چاچا کی آنکھوں کے کنارے بھیگ جاتے۔

سرما کی ٹھنڈک ہو یا گرما کی تپش ان کے معمول میں فرق نہ آتا وہ ہمیشہ چولھے کے پاس نظر آتیں کبھی پکوڑے بن رہے ہیں تو کبھی سموسے، کبھی بادام کی کھیر تو کبھی حلوہ۔ کبھی مرغ تو کبھی پلاؤ ——— بڑے ہی سلیقے سے سرخ دسترخوان اپنے فرش پر بچھاتیں اور اس پر کانچ کی دو پلیٹیں دو گلاس رکھتیں کانچ کی صراحی ٹھنڈے پانی سے لبریز رہتی۔ دسترخوان پر لوازمات رکھ کر کچھ دیر پنکھا جھیلتیں جیسے کسی کو کھلا رہی ہوں ایک لقمہ بھی خود کے پیٹ میں نہ جاتا پھر آپ ہی آپ کہتیں۔

"اتنا سارا اہتمام کیا ——— مگر کچھ نہیں کھایا۔ ٹھیک ہے کل کچھ اور بنا دوں گی۔" اور پھر برتن سمیٹ کر اٹھالیتیں۔ برتنوں کو رکھ دینے کے بعد وضو کرتیں، اور عشا کی نماز کے لئے بیٹھ جاتیں۔ نماز سے فراغت پاتے ہی دالان کے باہر آتیں۔ آنگن میں مختلف قسم کے پھولوں کے درخت تھے۔ گلاب

موتیا، جوہی، چنبیلی، موگرا، مدن مست، رات کی رانی اور جانے کیا کیا۔ ان پھولوں کے پودوں کے درمیان وہ گھومتیں۔ اپنے آپ سے باتیں کرتیں، کبھی ہنس لیتیں، اور کبھی روٹھ جاتیں ـــــ کبھی شرما کر سرخ ہو جاتیں۔ مسافر شب جب اپنی منزلیں طے کرتا کرتا آگے بڑھتا تب وہ اپنے دروازے کی دہلیز پر آکر بیٹھ جاتیں اور چاند کو تکنے لگتیں۔

شاہی اندر جاؤ۔ کوئی نہیں آئے گا ـــــ تمہارا انتظار فضول ہے۔ عمر چاچا کی آواز پر وہ بپھر جاتیں۔

"کیوں کہتے ہیں آپ ایسا ـــــ وہ آئیں گے ضرور آئیں گے۔ میرا انتظار فضول نہیں۔ میں نے آپ سے تو نہیں کہا نا کہ میرے ساتھ بیٹھے رہیں خدارا جایئے آرام کیجئے۔ میں ان کے قدموں کی آہٹ پہچانتی ہوں دیکھئے دیکھئے وہ آرہے ہیں ..... وہ آرہے ہیں ....." اور پھر صبح تک اسی دہلیز پر دروازے سے ٹیک لگائے بیٹھی رہتیں اذان کے ساتھ ہی اٹھ کھڑی ہوتیں اور پھر روزمرہ کا معمول شروع ہو جاتا۔

مجھے اچھی طرح یاد ہے۔ وہ شاید رمضان کا آخری دہا تھا۔ شبِ قدر کی تیاریاں ہو رہی تھیں۔ سارے گھر کی صفائی چل رہی تھی۔ دیواروں پر روغن چڑھایا جا رہا تھا۔ دالان کے خوبصورت کھمبوں کے بیل بوٹے از سر نو رنگین بنائے جا رہے تھے۔ سرخ سرخ پھول سبز سبز پتے بڑے دلکش لگ رہے تھے۔ شاہی آنٹی کی مصروفیت بہت بڑھ گئی تھی۔ سارا دن مزدوروں کے ساتھ لگی رہتیں۔ خود اپنے کمرے کو بڑی سلیقگی سے آراستہ کر رکھا تھا انہوں نے بستر پر گلابی مخملیں چادر بچھی تھی، گلابی مچھران کمرے کے حسن کو چار چاند لگا رہا تھا۔ دروازوں پر جالی کے خوبصورت پردے بھی لگ چکے تھے۔ سنگار میز

کے دونوں جانب خوبصورت گلدستے سجے تھے۔ کمرے کو عود و عنبر کے دھوئیں سے معطر کر دیا گیا تھا۔ پورے کمرے میں سفید چاندنی کا فرش بچھا تھا۔ کھڑکیوں کے باہر خس کی ٹٹیاں لگا دی گئی تھی۔ جن کی معطر ٹھنڈک دل و دماغ کو تازگی بخش رہی تھی۔ یوں لگ رہا تھا جیسے کوئی مہمان آنے والا ہو۔ محلے کی ساری لڑکیاں ان کے آگے پیچھے گھوم رہی تھیں کیونکہ سبھی کو انہی سے مہندی جو لگوانی تھی۔ وہ افطار کے انتظام کے لئے پریشان تھیں۔ اپنے ہاتھوں سے کئی چیزیں انھوں نے تیار کر لی تھیں۔ پچھلے کئی برسوں سے عمر چاچا کے یہاں شب قدر کو افطار کا انتظام رہتا تھا۔ محلے کے سارے لوگ شریک رہتے۔ تراویح کی نماز ادا کی جاتی اور پھر سحری کے بعد نعت و سلام پڑھ کر سب رخصت ہوتے۔
شاہی آنٹی کی آواز میں بلا کا درد تھا۔ جب وہ حمد و نعت اور سلام پڑھتی تو لوگوں کی آنکھیں اشکبار ہو جاتیں۔ دل دھڑکنے لگتے اور عقیدت و احترام سے سبھی کی نظریں جھک جاتیں۔

چنانچہ آج بھی شب قدر کا اہتمام جاری تھا۔ افطار کا وقت قریب آ رہا تھا۔ آج جانے کیوں شاہی آنٹی بڑی تھکی تھکی سی دکھائی دے رہی تھیں۔ ان کی گلابی پیشانی پر پسینے کی ننھی ننھی بوندیں موتی کی طرح چمک رہی تھیں۔ ابھی افطار کے لئے شاید کچھ لمحے باقی تھے۔ سارے لوگ دالان میں جمع ہو چکے۔ شاہی آنٹی باورچی خانے سے نکل کر سیدھے اپنے کمرے میں گئیں منہ دھو کر وضو کیا، اور وہ گلابی ساڑی نکالی جس پر سنہری موتیوں کا باڈر ٹنکا تھا۔ قد آدم آئینے کے روبرو انہوں نے اپنے آپ کو جی بھر کے دیکھا۔ گلابی چوڑیوں کا جوڑا ان کی گوری کلائیوں پر بڑا کھب کر بیٹھا تھا۔ بند گلے اور پورے آستین والے بلوز میں رانی ہار اور کالی پوت اپنی موجودگی کا اعلان کر رہے تھے۔ انہوں نے آنچل اٹھا کر اپنے

سر پر ڈالا۔ مانگ کی سیدھی جانب چاندی کی ایک خوبصورت سی لٹ بل کر نکل آئی تھی۔ کنگھا ہاتھ میں لے کر انہوں نے اسے برابر جمالیا اور غور سے دیکھا تو ایسی چاندی کئی جگہ نکل آئی تھی۔ کچھ دیر تو وہ خود دیکھتی رہیں پھر آپ ہی آپ شرما کر کہنے لگیں۔

"اتنے دن بعد مجھے دیکھیں گے تو ضرور کہیں گے کہ میں بوڑھی ہو گئی ہو نہیں میں بڑھیا کے روپ میں ان کے سامنے کبھی نہیں آؤں گی۔" اور پھر اتنا کہہ کر انہوں نے پلو سے اپنے سر کو اچھا ڈھانک لیا اور باہر نکل آئیں۔ تبھی کسی کی باتوں کی آواز نے ان کے قدم روک لئے۔

"آخر کب تک یہ خود کو دھوکہ دیتی رہیں گی ____؟" یہ پڑوس کی خالہ کی آواز تھی۔

کیا کریں ____ زندگی ہی گذر گئی۔ چاچی کہہ رہی تھیں۔ _

ہاں ____ وہ تو ٹھیک ہے مگر۔ یوں کب تک چلے گا، کل کو تمہاری لڑکیاں بھی تو اٹھنے والی ہیں۔

شاہی بیگم کی یہ حالت لڑکے والے دیکھ کر جانے کیا کیا سوچیں گے کہیں ایسا نہ ہو بننے والی بات ان کی وجہ سے بگڑ جائے ____"

"یہ تو میں نے کبھی نہیں سوچا شاہی تو ایک معصوم سی گڑیا ہے۔ زمانے کے یہ ہیر پھیر وہ کیا جانے۔"

"لیکن دولہن۔ تم تو سمجھدار ہو۔ اُسے بتا سکتی ہو نا کہ ____ وہ ایک بیوہ ہے۔ ایسا سنگھار اسے زیب نہیں دیتا۔ وہ کب تک خود کو سہاگن سمجھ کر فریب کھاتی رہے گی۔ اب تو خیر سے عمر بھی ڈھل گئی۔ ہوش سے کام تو لینا چاہیئے۔ لڑکیوں کے ساتھ مل کر یہ رنگین دنیا سجاتے پھرنا بھلا کسے

پسند آئے گا. کیوں نہیں بتا دیتے آپ لوگ کہ آفاق میاں زندہ ہی نہیں۔ اگر ہوتے تو کیا ان چالیس برسوں میں کوئی خبر نہ لیتے۔ خالہ بی کا جملہ ادھورا رہ گیا.

"کون کہتا ہے کہ وہ زندہ نہیں ــــــ؟ مجھے بیوہ کہتی ہیں آپ ــــ میرا ــــــ میرا شوہر سلامت ہے. کون کہتا کہ میں بیوہ ہوں اتنا منحوس لفظ مجھ سے نہ جوڑیئے۔ ایک سہاگن کے دل کی پکار کو آپ ــــ آپ کیا جانیں۔ اپنے سہاگ کی چوڑیاں تو آپ نے اپنے ہاتھ سے توڑی ہیں نا خالا بی! سفید کفن میں اپنے شوہر کو لپٹے دیکھا ہے نا ــــ!

مگر میں میں نے یہ سب کچھ نہیں دیکھا ــــ میں صرف اتنا جانتی ہوں کہ وہ چلے گئے لیکن کہاں ــــ یہ نہیں جانتی میں۔ مجھے اتنا ہی معلوم ہے کہ انہوں نے چھ ماہ کی نئی نویلی دولہن کو چھوڑ دیا اور جانے کہاں گم ہوگئے. میری کلائیوں کی ان چوڑیوں میں ان کی سانسیں پنہاں ہیں. میرے سنگھار میں ان کا وجود بسا ہوا ہے۔ میں سہاگن ہوں. ایک جیتی جاگتی سہاگن. میرا یقین مجھے فریب نہیں دے سکتا. میرا اعتماد مجھے ٹھیس نہیں پہونچا سکتا. میرے انتظار کے پھول کبھی مرجھا نہیں سکتے. ان کی خوشبو کبھی کم نہیں ہوسکتی۔ آپ لوگ سب جھوٹے ہیں. سب جھوٹے ہیں. ان کی برائی کرتے ہیں. وہ یقیناً زندہ ہیں میرے لئے ...... صرف میرے لئے..."

اتنا کہتی ہوئی وہ چکرا کر گر پڑیں.

ماحول اداس اور سوگوار ہوگیا. شاہی آنٹی کو دل کا شدید دورہ پڑگیا. ان کی شگفتگی اور تازگی ختم ہوگئی آنکھوں کے حلقے سیاہ ہوگئے. رنگت

سفید پڑ گئی ان کا جسم نحیف و کمزور ہوگیا۔ ان کی سانسیں دعاؤں کی محتاج ہوگئیں۔ ان کی روح جسم کے قفس سے نکلنے پر تو انے لگی۔

عمر چاچا اور ان کی بیوی بچوں نے رات دن ان کی خدمت میں لگا دیئے۔ ڈاکٹروں نے کہہ دیا تھا کہ یہ دورہ انتہائی شدید ہے اور صرف خدا ہی انہیں بچا سکتا ہے۔ شاہی آنٹی بیمار کیا ہوئیں یوں لگا جیسے سارا محلہ خالی ہوگیا ہو۔ سارے بچے بوڑھے اور جوان عمر چاچا کے ہی گھر میں جمع تھے، بس سارا دن قرآن خوانی ہوتی رہتی۔ سحر و افطار کو شاہی آنٹی کے لئے دعائیں مانگی جاتیں۔ میں بھی ان کی پلنگ کی پٹی سے لگ گیا تھا۔

ان کے معصوم چہرے پر کمزوری کے ساتھ ساتھ ضعیفی کے آثار بھی جھلکنے لگے تھے۔ ان کی تیز سانسوں میں مجھے کسی کی آمد کا احساس ہوتا تھا ان کی کھلی ہوئی آنکھوں میں انتظار تھا۔ اور ان کی نظریں دروازے کی طرف ہی جمی رہتیں۔ میں اندر ہی اندر ان کی حالت پر رو رہا تھا۔ یوں لگ رہا تھا جیسے کوئی مالی اپنے چمن کی کلیوں کو بے سہارا چھوڑ کر چلا جا رہا ہو۔ میرا دل انجانے خوف سے لرز رہا تھا۔

تین دن اور تین رات اسی کشمکش میں گذرے عید کا چاند نظر آیا۔ مبارک سلامت کا شور گونج اٹھا۔ مگر عمر چاچا کے گھر میں سوائے چیختی ہوئی خاموشی کے اور کچھ نہ تھا۔ اسی رات شاہی آنٹی نے مجھے بلایا۔ میں ان کے قریب پہونچا۔

فرحان ـــــ آج کوئی بھی مجھ سے مہندی لگوانے نہیں آیا۔ جاؤ اپنی بہنوں کو اور ساری لڑکیوں کو بلالاؤ۔ عید کا چاند نظر آگیا نا ــــ ہر سال تو مہندی کے گل بوٹے ان کی ہتھیلیوں پر میں نے ہی سجائے ہیں نا ـــــ پھر

آج ..... آج کیوں چپ ہیں سب ــــــــ" وہ اپنی تیز چلتی ہوئی سانسوں پر قابو پاکر کہہ رہی تھیں۔ میں دوڑا دوڑا گھر پہونچا اور سب لڑکیوں کو یہ خبر دیدی۔ سبھی دیوانہ وار شاہی آنٹی کے گھر کی طرف چل پڑے۔ مگر دروازے کے پاس جاکر رُک گئے۔ کیونکہ دروازہ اندر سے بند تھا۔ اور عمر چاچا اور شاہی آنٹی کی باتوں کی آ رہی تھی۔ میں ان کے سر بارنے والی کھڑکی کی طرف دوڑ کر پہونچ گیا اور دھیرے سے پٹ سرکا کر باتیں سننے لگا۔

"بھائی جان ــــــ ساری زندگی تو آپ نے میرے، انتظار کی اس دیوانگی کی لاج رکھ لی۔ خدارا ــــــ اب بھی میری آس اور امید کی اس ہچکولے کھاتی ناؤ کو اپنے یقین کے پتوار سے کنارے تک پہونچا دو۔"

"شاہی ــــــ میری بہن۔ تو نے زندگی کے اس بھیانک مذاق کو بڑی ہمت سے جھیل لیا۔ پندرہ سال کی عمر سے پچپن برس کی عمر تک کا فاصلہ ست رنگی رنگوں میں رنگ کر طے کر لیا۔ میں جانتا ہوں تیرا انتظار تیری عبادت کا ایک حصہ ہے۔ آفاق کو گئے آج چالیس برس گذر گئے مگر تو نے اس کے نام کا ساتھ بھی نہیں چھوڑا۔ میں نے کتنا سمجھایا تھا تجھے۔ پہاڑ جیسی عمر اتنی آسانی سے نہیں کٹ سکتی، مگر تو نے تو انتظار کا سہارا لے کر قسم کھالی تھی نا۔ ۱۹۴۷ء سے لے کر آج تک آفاق کا کوئی پتہ نہ چل سکا۔ کتنی کوشش کی میں نے پتہ نہیں وہ ہے بھی کہ ــــــ"

"نہیں بھائی جان ــــــ اس کے آگے ایک لفظ نہ کہو میں سہاگن ہوں ــــــ میں سہاگن ہوں مجھ سے ایک وعدہ کرنا ـــ میرے انتظار کے پھولوں کو میرے بعد بھی سجائے رکھنا۔"

بولو شہابی۔ بولو ــــــ" عمر چاچا نے شاہی آنٹی کے

ہاتھ تھام لے۔

"میں جب مر جاؤں تو میرے، جنازے پر سفید چادر نہیں بلکہ سرخ چادر ڈال دینا تاکہ دیکھنے والے یہ کہیں کہ ...... دیکھو ایک سہاگن جا رہی ہے ورنہ میں ...... میں حشر کے دن ...... آپ کی .... دامن گیر رہوں گی۔" لفظوں کی بندش ٹوٹ گئی

عید کی صبح فجر کی اذان کے ساتھ ہی کلمہ شہادت پڑھتی ہوئی شاہی آنٹی نے آنکھیں بند کرلیں ____ میں نے دیکھا جنازے پر سرخ چادر ڈالی گئی تھی یقیناً وہ سہاگن تھیں۔ میں ابھی ابھی قبرستان سے لوٹا ہوں۔ میرا دل بہت اداس اور مغموم ہے۔ ہزاروں لوگوں نے عید کی نماز کے ساتھ ایک سہاگن کی نماز جنازہ بھی ادا کی تھی۔

آج شاہی آنٹی کی فاتحہ سوم ہے۔ گلاب کے چند تازہ پھول لئے میں قبرستان کی طرف روانہ ہوا۔ لوگوں کا ہجوم تھا۔ قبر کو لوگ گھیرے کھڑے تھے۔ میں نے مشکل سے اپنے لئے راستہ بنایا اور قریب پہونچا۔ میری آنکھیں حیرت سے پھیل گئیں میرے سامنے ساٹھ پینسٹھ سال کا ایک بلند قامت خوبرو شخص تھا جس کی بڑی بڑی نرگسی آنکھوں میں موٹے موٹے آنسو کے قطرے بھرے پڑے تھے جس کے سرخ و سفید رنگت میں غم و اندوہ کے بادلوں کا سایہ پھیل گیا تھا جس کی مونچھوں کی سفیدی میں عجیب بانکپن تھا۔ قبر کے پاس بیٹھا تازہ مٹی کو ہاتھ میں لئے بلک بلک کر رو رہا تھا۔ عمر چاچا نے اس کے شانو پر ہاتھ رکھا۔

"اٹھو آفاق ____ اس مٹی کے ڈھیر پر اب کیا کروگے۔ تمہارے یہ آنسو اس کے انتظار کا ثمر ہے۔ اس کا انتظار یقیناً سچا تھا اس کی عبادت رب نے قبول کرلی۔"

وہ کسی بچے کی طرح تڑپ رہے تھے۔ سب لوگ انھیں تھامے گھر لئے جا رہے تھے۔ میں نے لوگوں کو بس اتنا کہتے سنا۔

"پولیس ایکشن کے وقت آفاق صاحب پاکستان چلے گئے وہاں ملٹری جوائن (Join) کر لی اور پھر وہاں سے لندن چلے گئے۔ شادی بھی کر لی بچے بھی جوان ہو گئے۔ کہہ رہے تھے پچھلے ایک ہفتہ سے یوں لگ رہا تھا جیسے ہندوستان بلا رہا ہے۔ حیدرآباد کی سرزمین آوازیں دے رہی ہے وہ رک نہ سکے اور کسی صورت چلے آئے۔ ——— سچ ہے یقین صادق ہو تو منزل مل ہی جاتی ہے"

میں نے سب کچھ سن لیا۔ میرے ہاتھ میں رکھے گلاب کے پھول آپ ہی آپ شاہی آنٹی کی قبر پر گرنے لگے میری آنکھیں عقیدت کے آنسو بہانے لگیں...... یقیناً شاہی آنٹی کے انتظار کے پھول فضا میں اپنی خوشبو بکھیر رہے تھے۔

اشکِ سنگ

سنگتراش بڑی دیر سے سنگلاخ چٹانوں کے درمیان سے گزر رہا تھا۔ اس کے کاندھے پر ایک تھیلا لٹکا ہوا تھا جس میں چھینی اور ہتھوڑے کے علاوہ کچھ خورد و نوش کا سامان تھرموس اور سگریٹ بھی موجود تھے۔ وہ بڑی دیر سے ایسے پتھر کی تلاش میں تھا جو تراشے جانے کے بعد پتھریلی خصوصیات کا حامل نہ رہے۔ بلکہ ایسے موم بن جائے کہ نظروں کی گہرائی اور گیرائی سے بھی پگھل پڑے۔

وہ ایسا مجسمہ بنانا چاہتا تھا کہ لوگ حقیقت کا فریب کھائیں۔ جو اس کی زندگی کا شاہکار ہو۔ وہ اپنے فن کا مکمل مظاہرہ کرنا چاہتا تھا۔ ایک ایسا بت تراشنا چاہتا تھا جس کے سینے میں دل دھڑکے۔ جو ہر نگاہ کو محو حیرت بنا دے۔

بے شمار جذبات سے بھرپور سنگتراش کا دل مختلف کیفیتوں سے دوچار تھا اور وہ یہ ساری کیفیت اس مجسمے میں سمو دینا چاہتا تھا۔ اس کا دل معصوم اور ذہن پاکیزہ تھا۔ نہ عیاری نہ مکاری۔ نہ ڈھونگ نہ ڈھکوسلہ سچائی اس کا مسلک تھا۔ محبت چاہت پیار وفا۔ خلوص، لگن، تپش، کسک اور بے قراری نہ جانے کیا کیا اس کے زادِ راہ تھے۔ وہ تو پتھر کے سینے

میں دل دھڑکانا چاہتا تھا۔ اپنے رگ رگ میں کھلے زخموں کے گلابوں کی مہک اپنی نس نس میں بسے آہوں کا دھواں وہ پتھر کے اندر محسوس کرنا چاہتا تھا۔ وہ خود سراپا عشق تھا اور یہی شعلہ وہ پتھر میں بھڑکانا چاہتا تھا۔ اس نے بچپن میں پتھر سے آگ کو نکلتے دیکھا تھا اسے یقین ہو گیا تھا کہ آگ کا مسکن پتھر ہی ہے۔ مگر شعور کی منزلوں کو طے کرتے ہوئے کبھی کسی پتھر کو آگ برساتے نہیں دیکھا۔

کئی پتھروں میں نقش و نگار ابھارنے کے بعد سنگتراش نے طے کر لیا کہ وہ اب ایک ایسا مجسمہ بنائے گا جو زبانِ خاموشی میں گویائی رکھتا ہو۔ وہ زمانے کو ثابت کرنا چاہتا تھا کہ پتھر بھی بولتے ہیں۔ پتھر بھی ہنستے ہیں۔ پتھر بھی روتے ہیں۔ پتھر بھی دل رکھتے ہیں۔ اور پھر تلاش کا سلسلہ جاری ہوا۔

دن ہفتوں میں اور ہفتے مہینوں میں بدلے۔ سنگتراش کی تلاش جاری تھی۔ پتھروں کے درمیان وہ اپنے موم جیسے وجود کو لیے گھومتا رہا۔۔۔۔۔۔ گھومتا رہا۔۔۔۔۔

آخر کار اُسے وہ پتھر مل ہی گیا جو اُس کے خوابوں کو تعبیر دے سکتا تھا۔ اس نے تعمیر کا سفر شروع کیا۔ ترتیب و تزئین کا آغاز کیا۔

پتھر پر ہتھوڑے کی ہلکی چوٹ نے طبل جنگ کی طرح جہدِ مسلسل کا آغاز کیا ضرب لگتی رہی، پتھر چھوٹا ہوتا رہا، موسم بیتتے رہے، رُت بدلتی رہی۔ سنگتراش کے مزاج میں کوئی فرق نہ آیا۔ وہی جذبہ صادق تھا۔ وہی عمل پیہم، وہی سعیٔ مستقل، وہی والہانہ شوق اور وہی لگن ——

ایک ماہ گزرا۔ پتھر ہموار ہو چکا تھا اب نقش و نگار کے آغاز کا مرحلہ

تھا۔ سنگتراش نے سوچنا شروع کیا مجسے کا انداز کیا ہوگا۔ مختلف زاویئے نگاہوں میں آ گئے۔ تخیل آفاق میں گھومنے لگا۔ کبھی شفق میں ڈوبی صبح اس کے سامنے آتی تو کبھی شبنمی دوپہر، کبھی سلگتی شام تو کبھی طوفانی رات، کبھی بھیگے ہوئے ہوا کے جھونکے تو کبھی سرد راتوں کی خاموشیاں، کبھی جوش جنون تو کبھی نالۂ شوق۔ کبھی ملکوتی مسکراہٹ تو کبھی شبنم کے آنسو۔

سنگتراش نے طے کر لیا کہ وہ قدرت کا سارا حسن سمیٹ کر پتھر میں بھر دے گا۔ قوس و قزح سے رنگت، آفتاب سے تمازت، ماہتاب سے ٹھنڈک، گلوں سے خوشبو، غنچوں سے شادابی، فلک سے نکھر، نظاروں سے نظر، بجلی سے شرر، ستاروں سے ضیار، کلیوں سے حیا، پروانے سے وفا، بلبل سے ادا ــــــ اور ۔ ۔ ۔ ۔ ۔ ۔ اور انسان سے چاہ ـــــ سب کچھ جیسے اس کے ہاتھوں میں سمٹ کر آ گئے۔

وہ ان بے شمار جذبوں کو روپ دینا چاہتا تھا۔ پیہم ضرب لگتی رہی۔ بیابانوں میں دور دور تک چھینی کی صدا آتی رہی۔ اسے نہ بھوک تھی نہ پیاس نہ کھانے کا شوق نہ جینے کا ہوش۔ صرف جستجو، صرف آرزو، صرف خواہش، صرف تمنا ـــــ صرف لگن، صرف عمل اور صرف محویت ـــــ

پتھر پیکر میں ڈھل گیا۔ آنکھوں میں حیا، لبوں پر تبسم، گالوں میں بھنور، انگلیوں میں نزاکت، قدموں میں قیامت، معصومیت ایسی کہ فرشتے شرما جائیں۔ بھولا پن اتنا کہ بچپن حیران رہ جائے۔ ادا ایسی کہ شباب کو شباب آ جائے۔

ان سب کے باوجود سنگتراش مطمئن نہ تھا۔ سانسوں کی بازگشت میں خاموشی تنہائیاں اس کے ہجومِ شوق کو روک نہ سکیں۔

وہ محسوس کر رہا تھا کہ ابھی بہت کچھ باقی ہے۔ کہیں کوئی کمی ضرور ہے۔ شاید مجسمہ جذبات سے عاری تھا۔ سنگتراش تو پیار درد وفا کا تھا بھلا وہ کیسے گوارہ کر لیتا کہ اس کی تخلیق میں کائنات کی وہ آفاقیت جو لفظ محبت سے منسوب ہے سمٹ کر نہ آجائے سنگ بت تو بن گیا مگر اس کے سینے میں دل ـــــ جو وسعت کائنات کا مظہر ہے دھڑک نہ سکا۔

وہ جھلاہٹ میں آگیا ـــــ اس کے سارے وجود میں انگارے سے بھر گئے۔ کیا میں شاہکار نہ بنا سکا۔ حسن و جمال کا مرقع تو بن گیا مگر ـــــ مگر وہ تبسم ہی کیا جو نم نہ ہو' وہ زلف ہی کیا جو برہم نہ ہو' وہ لب ہی کیا جو تبسم نہ ہو' وہ ابرو ہی کیا جو خم نہ ہو' وہ دل ہی کیسا جو پر خون نہ ہو ـــــ

کتنے ارمانوں سے اس نے تراشا تھا اسے۔ اس سنگ کو تو وہ صنم بنانا چاہتا تھا۔ اپنے دل میں اسے بٹھا کر آرتی اتارنا چاہتا تھا۔ اس کے چاروں طرف مندر ہی تو تھا۔ آٹھ ماہ کی طویل کوشش کے بعد جب اس نے اپنے فن پر نظر ڈالی تو وہ فن پارہ نہ بن سکا۔ صرف ایک بت بن گیا جذبوں سے خالی ـــــ حالاں کہ اسے تراشتے ہوئے جذبات کی پوری شدت اس کے ہاتھوں میں سمٹ آئی تھی۔ اتنی ریاضتوں کے بعد وہ ادھورا کیوں ہے۔ وہ اندر ہی اندر اپنے ہی بنائے بت کو پوجنے لگا ـــــ بت گر بت پرست بن گیا۔ مگر سنگ موم نہ بن سکا۔ کوئی سوتا نہ پھوٹا اس سے کوئی قطرہ اشک نہ نکلا ـــــ

"شاید میری محنت میں کوئی کمی رہ گئی ہے ـــ؟ ایک سوالیہ نشان سنگتراش کے ذہن میں ابھرا۔

"میں نے تو اپنی ساری توانائی لٹا دی۔ سارے جذبوں کو نچھاور کر دیا۔" اس کے دل نے کہا تو پھر یہ ادھورا پن کیوں ——؟"

اس نے اپنے آپ سے سوال کیا۔ جواب میں دور تک خاموشی کی چیخ سنائی دی۔ اس نے اپنے اطراف نگاہ دوڑائی پتھروں کے بیچ وہ اکیلا تھا۔ بالکل اکیلا۔ تنہائی کی شدت سے گھبرا کر وہ صرف سر پھوڑ سکتا تھا۔ کاش اس نے بت نہ بنایا ہوتا۔ دل میں ناسور تو نہ ہوتا۔ شاہ کار بنانے کی آرزو اسے کن کن منزلوں سے گذار رہی تھی۔

لوگوں نے اسے دیوانہ بھی کہا اس کی ہنسی بھی اڑائی۔ اس پہ اظہار تاسف بھی کیا۔ مگر وہ ان سب باتوں سے بالاتر تھا۔ اب صرف ایک ہی رات باقی تھی۔ نمائش میں اسے اپنے فن کو پیش کرنا تھا۔ صرف ایک رات ۱۲ گھنٹے —— جس میں سسکتے لمحے تھے اور بھیانک خاموشیاں۔

اُداسی —— گہری اُداسی اُن کے حواس پر چھا گئی۔ شاید تشنہ کامی اس کا مقدر ہو شاید اس کی کاوشیں ناکام ہوں اس نے ایک بار اس مجسمہ پر گہری نظر ڈالی۔ دلکش قد و قامت، حسین نقش و نگار —— وہ دیکھتا رہا —— دیکھتا رہا۔ شاید اس کا وجود پتھر میں ڈھلنے لگا اس کے سارے جذبے ساکت ہونے لگے۔ زمین نے قدم جکڑ لیے۔ آنکھوں میں نمی تیرنے لگی بال کچھ اور بکھر گئے۔ جبیں شکن آلود ہو گئی اور دل پر خون ——

دور کسی ویرانے میں کوئی پرندہ پھڑپھڑاتا نکل گیا۔ وہ خیالوں کے چنگل سے آزاد ہو گیا

"شاید تراشنے میں مجھ سے ہی بھول ہو گئی ——" اس کے لب ہلے اور دفعتاً "کھٹاک" کی آواز سے ماحول دہل گیا۔ سنگ تراش

نے خود اپنے ہاتھ پر ہتھوڑے کی پہلی ضرب لگائی۔۔ اور پھر سناٹوں میں ہتھوڑے کی ضرب سنائی دیتی رہی۔ سنگتراش کی سرگوشیاں خاموشی کو توڑ رہی تھیں۔

" اب یہ ہاتھ کوئی بت نہیں تراشیں گے۔ میرے احساس نے مجھے دھوکہ دیا۔ میں خود فریبی کے جال میں پھنس گیا میرا جنون سنگ کو موم بنانا چاہتا تھا ـــــ مگر سنگ تو سنگ ہی ہوتا ہے"۔۔۔۔۔۔۔

مجسمہ بدستور اپنی جگہ ساکت تھا ہتھوڑے کی ضرب جاری تھی ۔۔۔۔ـــ۔۔۔

صبح کی پہلی کرن ہر روز کی طرح ایک نیا پیغام لیے زمین پر اتر آئی۔ لوگوں نے دیکھا مجسمے کے قدموں میں سنگتراش کا سر تھا۔ اس کے دونوں ہاتھ کچلے ہوئے تھے ان میں سے خون دھیرے دھیرے رس رہا تھا۔ ہتھوڑے پر خون کے دھبے اب بھی تازہ تھے۔

ہاں ایک انوکھی بات ضرور سب نے دیکھی۔ مجسمے کی آنکھ سے پانی ٹپک رہا تھا۔ یہ کہاں سے ابل پڑا ـــــ؟ کسی کو دکھائی نہ دیا ـــ شاید بت کے سینے میں دل دھڑکنے لگا تھا اس لیے اشک سنگ بہہ نکلے۔

اور پھر یہی مجسمہ نمائش میں شاہکار قرار دیا گیا ـــــ

جائے پناہ

وہ رو رہا تھا۔ اس کے اجلے آنسو میلے دامن میں جذب ہو رہے تھے۔ تاریکی کے سیاہ پردے کو چاک کرتی صرف پولیس کے جوانوں کے جوتوں کی آواز تھی۔ کہیں دور کسی کتے کی رونے کی آواز گونجتی اور پھر ہولناک سی اُداس خاموشی پھیل جاتی۔ وہ اندر ہی اندر سسک کر رو رہا تھا۔ اس کا جی چاہتا تھا کہ وہ دھاڑیں مار کر رو دے مگر آواز اس کے حلق تک آکر تھم جاتی اس کے سینے میں عجیب سی گھٹن تھی۔ خوف کے سائے اس کے چہرے پر منڈلا رہے تھے۔ آنکھیں جیسے ویرانوں میں گم تھیں۔ وہ چیزوں کی متلاشی تھیں۔ مارے دہشت کے اس سے چلا نہیں جا رہا تھا۔ قدم منوں وزنی ہو گئے۔ بھوک اور پیاس نے بھی نڈھال کر رکھا تھا اس کی سہمی ہوئی آنکھوں میں وہی جان سوز منظر تھا جب اس کی ماں کے پیٹ میں چھرا گھونپ دیا گیا اور اس کے باپ کے سر پر کلہاڑی سے مارا گیا تھا۔ وہ اگر چھپ نہ جاتا تو شاید ایسے ہی کٹ جاتا۔ دن دھاڑے خون کی یہ ہولی کھیلی گئی۔ کوئی مدد کو نہ آسکا۔ سبھی اپنے گھروں کے دروازے بند کیے صرف آوازیں ہی سنتے رہے۔ بلوائیوں نے جو کچھ لوٹنا تھا سمیٹ لیا وہ تو اچھا ہوا کہ اس نے خود کو حمام میں بند کر لیا اور کسی کی نظر نہ پڑی ورنہ ---

اس بھیانک خیال سے ہی اس کا وجود کانپ گیا۔ اپنی آنکھوں سے زندگی کی قیمتی دولت لٹنے کا تماشہ چھپ کر دیکھتا رہا۔ ماں اور باپ کی خون میں تربتر لاشیں اس کے سامنے

تھیں اور وہ رو رہا تھا۔ دن ڈھلے پولیس آئی لاشوں کو ایمبولنس میں ڈالا اور ہسپتال کی راہ لی۔ چند جوانوں نے ادھر ادھر نظریں دوڑائیں۔ ایک چھوٹا سا ٹیپ ریکارڈ پڑا تھا اُسے اُٹھایا اور ایک ہینڈ بیگ جس میں اس کے بابا نے اپنے دوست سے منگوائے چار پانچ کھاد نے رکھے تھے۔ دونوں نے ایک دوسرے کو دیکھا گویا کہہ رہے ہوں چلو کچھ تو ملا ورنہ صرف خون ہی دیکھنے کو ملتا

شام ڈھلنے کو آئی اندھیرے کی سیاہی گہری ہوئی تو وہ چھپتے چھپاتے باہر نکلا چاروں طرف بھیانک خاموشی تھی لگتا تھا شہر شہر خموشاں بن گیا ہو۔ وہ جائے پناہ کی تلاش میں تھا ——— کہاں جائے ——— کس کے گھر جائے ——— کہاں اماں ملے گی اُسے ؟

اس کا معصوم ذہن ان سوالوں کا جواب تو نہ دے سکا مگر اس کے قدم چل پڑے چلتے چلتے اسے ماں کے الفاظ یاد آئے " خدا سب کا نگہبان ہے۔ " اور پھر اس کی نظر ایک عبادت گاہ کے بلند میناروں پر پڑی۔ اس کا دل خوشی سے دھڑکا۔ خدا یہاں موجود ہوگا ——— اس نے آستین سے آنسو پونچھے اور سہمے قدموں، خوف زدہ آنکھوں سے اندر داخل ہوا۔ اندھیرے میں کچھ دکھائی نہیں دے رہا تھا۔ مگر سرگوشیوں کی آواز اس نے سن لی۔

کام ہوشیاری سے ہونا چاہیے۔

فکر مت کرو۔ یہی تو موقع ہے بدلہ لینے کا۔ حالات ہمارا ساتھ دیں گے۔

وہ ایک کھمبے کی آڑ میں چھپ گیا۔ پہلے تو یہ باتیں اس کی سمجھ میں نہیں آئیں مگر پھر اس نے جان لیا کہ یہاں بھی خون خرابے کا ذکر ہے۔ کیا خدا روٹھ کر کہیں چلا گیا ——— نہیں تو نہیں تو بھلا ایسے لوگ یہاں کیوں چھپے ہوتے ——— ؟

" آج رات ہی یہ کام ہو جانا چاہیے۔ "

" مگر اپنے بچاؤ کے لیے بھی تو ..... "

اس کی فکر نہ کرو۔ ہم نے کافی ذخیرہ جمع کرلیا ہے۔ ایک بات کا خیال رکھنا جو بھی آئے چاہے بچہ ہو یا بوڑھا بس خلاص کردینا ——"

"ٹھیک ہے مگر کہیں پکڑا گیا تو ——

ارے یار کیوں سوچتے ہو۔ چٹکی بجاتے میں ضمانت ہوجائے گی، تمہیں تو ہم نے خاص طور سے بلایا ہے۔

ہاں —— وہ تو ٹھیک ہے مگر اپنا بندوبست بھی تو کرنا ہے۔

سمجھو کہ ہو گیا۔ بس اب دیر نہ کرو۔ جگہ ہم بتادیں گے باقی تم سنبھال لینا۔"

ان سرگوشیوں کے بعد کئی قدموں کی ملی جلی آوازیں آنے لگیں وہ دیوار کی طرف چھپ گیا۔ وہ خود کو ان کی نظروں سے پوشیدہ رکھنا چاہتا تھا کیوں کہ اسے یہاں بھی وہی زندگی کی باتیں سنائی دیں جو اس نے اپنے گھر میں سنی تھیں۔ ان لوگوں کے باہر نکلتے ہی وہ بھی باہر چلا آیا۔ نہیں —— میں یہاں نہیں رہ سکتا۔ کیا پتہ میرا کیا حشر ہو —— یہ بھی میرے لیے جائے پناہ نہیں ——" وہ سسک کر رہ گیا۔

گہری خاموشی، پراسرار اندھیرا اس کا ننھا دل دھک دھک کرنے لگا۔ وہ پھر سڑک پر آچکا تھا۔ بھوک الگ بے چین کررہی تھی خوف اس کے ساتھ سائے کی طرح لگا تھا۔ پولیس کے جوانوں کے بھاری جوتوں کی آواز سے وہ دہل رہا تھا۔ سڑک سے ہٹ کر وہ ایک تاریک گلی میں آگیا۔ گلی کے سارے دروازے بند تھے لگتا تھا شہر کا شہر خالی ہوگیا ہو۔ کیا گھروں کے ساتھ دلوں کے دروازے بھی بند کرلیے دنیا والوں نے ——؟ ایک سوال ابھرا اور پھر اسے رونا آگیا۔ وہ دھیرے دھیرے سسکیاں بھرتا ایک مکان کے چبوترے پر بیٹھ گیا۔ چند ہی لمحوں بعد دروازہ کھلا اس کی امیدیں جاگیں۔

"اے چل اٹھ یہاں سے ——" کسی نے کہا۔

"مجھے بھوک لگی ہے ——" اس کے الفاظ ٹوٹ رہے تھے۔

"جاتا ہے کہ نہیں ——— اس بار اس نے دھتکار دی، شاید انسانیت کا جنازہ بھی نکل رہا تھا۔ کتنی بھوٹی ہے یہ دنیا ——— اس کے ذہن نے سوچا۔

اور پھر وہ اٹھ کھڑا ہوا۔ آگے چل کر اس کی نظر ایک اور عبادت گاہ پر پڑی جل کر ڈھے رہی تھی۔

شاید اس جگہ میں دم لے سکوں ——— ہو سکتا ہے خدا یہاں چھپا بیٹھا ہو۔ اور اگر وہ ہوگا تو ضرور مجھے پناہ دے گا۔ اس کے معصوم ذہن کو امید کا سہارا ملا۔ وہ اس جانب بڑھا مگر وہاں ——— وہاں تو پولیس کے جوان کھڑے تھے بندوقیں لیے۔ اور نہ جانے کیوں وہ ان خونخوار انسانوں سے زیادہ پولیس والوں سے ڈرتا تھا۔ اسے یاد تھا ایک دن بلا وجہ اس کے پڑوسی کے لڑکے کو کسی کی شکایت پر کتنی بری طرح پیٹا تھا انھوں نے اور پھر جیل میں ڈال دیا۔ دو دن بعد بے چارے کی لاش ہی گھر کو آئی۔ اس واقعے کے ذہن میں آتے ہی اسے جھرجھری آ گئی۔ ابھی وہ سوچ ہی رہا تھا کہ کیا کرے۔

تبھی عبادت گاہ کے اندر سے چند نوجوانوں کا جتھہ نکل آیا۔ جو اپنے چہروں کو کپڑے سے لپیٹے ہوئے تھا۔

"کام ہوشیاری سے کرنا ———" پولیس کے ایک جوان نے ہدایت دی۔ وہ سوچ میں پڑ گیا

"تم چنتا مت کرو۔ بس یوں گئے اور یوں آئے۔ ماچس کی صرف ایک تیلی ہی کا تو کام ہے۔

"دیر نہ لگانا ہماری نوکری کا معاملہ ہے۔"

"لو اسے ساتھ رکھ لو شاید کچھ کام آ جائے۔" ایک کانسٹبل نے اپنی بندوق تولے کر دی۔

"ٹھیک ہے ——— اور پھر سب باہر نکل گئے۔ وہ اپنے وجود کو سمیٹ کر ایک کونے میں دب گیا۔

"آخر خدا کہاں کھو گیا ——— !!"

"چپ ——— خاموش رہ۔ کسی نے سن لیا تو۔" اس نے اپنے آپ کو ڈرا دیا۔

وہ اب تھک چکا تھا۔ اتنی بڑی دنیا میں اسے کہیں پناہ نہیں ——— اب میں کہاں جاؤں۔ زندگی کے سارے راستے جیسے بند ہوگئے۔ بھوک کا احساس بھی مٹ گیا۔ اب صرف اور صرف پناہ چاہیے تھی۔

اس نے محسوس کیا جیسے وہ پتھر بن گیا ہو۔ سارا وجود بے حس و حرکت ہو گیا ہو۔ اب وہ اس بوجھ کو کہاں پھینک دے۔ دفعتاً جیسے بجلی سی کوندی۔ مجھے بھی مرجانا چاہیے۔ اماں اور بابا کی طرح ——— " وہ ایک عزم سے اٹھ کھڑا ہوا۔ مگر اس نے سوچا اماں اور بابا مرنا تھوڑا ہی چاہتے تھے وہ تو ——— وہ تو ان ظالموں نے ——— پھر میں کیا کروں اور نہ جانے اس میں کیسے اتنی ہمت آگئی وہ سڑک کے بیچوں بیچ آ کھڑا ہوا۔ اس کے روبرو نئے پل کا راستہ تھا۔ اس نے طے کرلیا وہ ندی میں کود جائے گا۔ مگر کود نے کا خیال بھی بڑا خوفزدہ محسوس ہوا۔ پھر کیا کرے ——— پولیس کی دیان کے نیچے آجائے۔ مگر تصور ہی میں اس کے جسم پر کانٹے ابھر آئے۔ اب میں کیا کروں ——— موت کا خیال کتنا آسان ہے اور موت کا سامنا کتنا مشکل ——— وہ لرز گیا۔ دور کہیں زندگی مسکرا رہی تھی۔ اس کا دل اچھلنے لگا۔ جی چاہا لپک کر اسے چھولے ——— مگر شاید وہ اس کی پہنچ سے دور ——— دور ہو رہی تھی۔ اب اس سے رہا نہ گیا۔ جی چاہا اتنا چلا کر روئے کہ آسمان شق ہو کر اسے نگل لے یا پھر زمین پھٹ کر اسے گود میں لے لے ———

وہ جانتا تھا کہ نہ آسمان شق ہوگا نہ زمین پھٹ سکے گی۔ سمنٹ کی بنی ہوئی تہہ جگہ جگہ سے اکھڑ تو سکتی ہے مگر پھٹ نہیں سکتی۔

اس نے ایک بار پھر اپنے چاروں طرف کا جائزہ لیا۔ دور کسی دوکان کے سائباں میں کسی گھٹڑی کی شکل میں کوئی لیٹا دکھائی دیا۔ بھوک پیاس تو مٹ چکی تھی مگر جانے

کیوں اُسے نیند کا احساس ہوا۔ آنکھیں جیسے جھپکنے لگیں۔ وہ سڑک سے ہٹ کر دوکان کے قریب آگیا اور سامی گٹھڑی سے لپٹ کر سو گیا۔

صبح کی پہلی کرن جب اس کے چہرے پر پڑی تو اس نے دیکھا وہ بڑے آرام سے چادر اوڑھے لیٹا ہے اور اس کا سر ایک پاگل بھکارن کی گود میں ہے جس کے چہرے پر ممتا کا تقدس پھیلا ہوا ہے اور جس کی مسکراہٹ زمانے کا لاز مجھا رہی ہے۔ اس نے غور سے اس کے چہرے کو دیکھا۔

"ارے ـــــ یہ تو کانتا موسی ہیں جسے لوگ پاگل سمجھ کر پتھر مارتے ہیں۔ ایک دن اس نے بھی تو یہ حرکت کی تھی تب اماں نے بتایا تھا کانتا موسی کا اکلوتا بچہ فسادات میں زندہ جلا دیا گیا تھا اور تب سے وہ پاگل ہو گئی تھیں۔ دفعتاً وہ بستر سے اٹھ بیٹھا۔ اور کانتا موسی سے لپٹ گیا۔ گویا یہی اس کی منزل یہی جائے پناہ ہو۔ کچھ خوشی اور دکھ کے ملے جلے جذبات آنسو بن کر آنکھوں میں امڈ آئے۔

"بیٹا بھوک لگی ہے نا تجھے۔ لے یہ روٹی کھالے۔" کانتا موسی نے اپنی پھٹی ہوئی جھولی سے روٹی کا ایک ٹکڑا نکالا اور اسے توڑ کر اس کے منھ میں رکھ دیا ـــــ

تبھی اس کا معصوم ذہن بیدار ہوا ـــــ اس نے سوچا

کون کہتا ہے خدا کھو گیا ـــــ !! خدا ہے۔ خدا ہے۔ خدا ہے ـــــ"

اس کے دل کی دھڑکن تیز ہو گئی۔

ایک شیشہ اور ٹوٹا

(اس نے گھبرا کر آنکھیں موند لیں۔)

"نہیں پپا نہیں ــــ" وہ دوڑ کر ان کے قریب پہنچی۔

"شانو! میری بچی" ۔ ان کی زبان لڑکھڑانے لگی۔)

"پپا پہلے کہئے کیا بات ہے ۔" اس نے ان کا سر اپنی گود میں رکھ لیا۔

"میری بچی! میں اپنا ۔۔۔ ــــ فرض ۔۔۔ ــــ ادا نہ کر سکا۔۔۔

۔۔۔ مجھے معاف کرنا۔۔۔" وہ رکی رکی سانسوں میں کہہ رہے تھے۔

"پپا ۔۔۔۔۔ وہ بلک پڑی۔

(" شانو ــــ ۔۔ میں نے بڑے جتن کیے ۔۔۔۔۔ ۔ ساری زندگی ۔۔۔۔۔ تیری شادی کے خواب ۔۔۔۔۔ ــ دیکھتا رہا۔۔۔۔ گمر ۔۔ ــ ۔۔

وہ رک گئے۔ ماحول کا سینہ شانو کی سسکیوں سے دہل رہا تھا۔

گمر ۔۔۔۔۔ گمر خواب بکھر گئے ۔۔۔۔ ۔۔ ارمان بجھ گئے۔ شانو زمانے نے مجھے دھوکہ دیا ۔۔۔ ــــ جن سے امید تھی انھوں نے لوٹ لیا۔ ــ شانو میری بچی ۔۔۔ ــــ آہ ۔۔۔ یہ بدنصیب باپ تجھ سے ۔۔۔ ۔معافی مانگتا ہے ۔۔۔۔ ۔" انھوں نے ہاتھ جوڑ دیئے۔ اور شانو کو ایسا لگا

جیسے کعبہ لرز رہا ہو وہ آنسوؤں میں بہا گئی۔

"پپا۔ آپ کی قسم مجھے اس کا کوئی دکھ نہیں۔ قدرت جو بھی کرتی ہے اس میں بہتری ہی ہوتی ہے آپ اس کی فکر کیوں کرتے ہیں۔ میں ساری زندگی آپ کی خدمت میں گذار لوں گی پپا۔ وہ اُن سے لپٹ گئی لیکن دوسرے ہی لمحے اُسے یوں لگا جیسے وہ برف بنی جا رہی ہو۔ اس کا سارا جسم سُن ہو گیا۔ چند لمحوں بعد جب اس نے سر اُٹھایا تو اس کی گود سے دوسرا سر ڈھلک چکا تھا۔ بے نور آنکھوں میں ٹھہرا ہوا ایک آنسو اِس بات کی گواہی دے رہا تھا کہ مرنے والے نے آخری سانس تک آنسو بہائے ہیں۔

"پپا ——" ایک دلدوز چیخ فضا میں اُبھری اور زمین نے اپنا سینہ شق کر لیا گویا ہر دُکھ کو اپنے دامن میں چھپانا ہی اس کا فرض ہو۔

"وہ کالج کے لان پر تنہا بیٹھی تھی۔ تنہائی نے یادوں کے بند کواڑ کھول دیئے۔ وہ پرسکون صبح اُسے یاد آئی جب وہ اپنے ماں باپ کے ہمراہ نینی تال گئی تھی۔ یہاں کے حسین نظاروں، دلفریب کہساروں اور پاگل بادلوں کے بیچ رہ کر اسے جنت کا گماں ہونے لگا تھا۔ کتنے حسین دن تھے وہ بھی۔

پھر وہ ہولناک شام آئی جب اس کی ممی نینی تال کی اونچی اونچی چوٹیوں سے پھسل کر گہری کھائی میں جا پڑیں۔ ممتا کا محل ٹوٹ گیا۔ اس کے پپا دکھ سے نڈھال ہو گئے۔ اس وقت وہ صرف دس سال کی تھی۔ شعور کی منزلیں اس نے مکمل طور پر طے نہیں کی تھیں لیکن یہ بات اس کے تحت الشعور میں ایسے رچ بس گئی جیسے رگوں میں دوڑتا ہوا یہ خون۔ وہ زندگی کی اس کمی کو شدت سے محسوس کر رہی تھی۔ سہیلیوں کے گھر جب وہ جاتی تو حسرت سے ان کی ماؤں کو دیکھتی اور اسے محسوس ہوتا کہ اس کے دل کا ایک شیشہ ٹوٹتا ہے۔

وقت گذرتا رہا، بھر لگا کر اُڑتا رہا، منزلیں طے ہوتی گئیں، نقشِ ناتمام مکمل ہوئے۔ آنے والے آتے رہے، قافلے بنتے اور بگڑتے رہے۔ خزاؤں نے بہاروں کو گلے لگایا اور بہاروں نے خزاؤں کو اپنایا۔ یہ سلسلہ ہائے دراز چلتا ہی رہا۔ شالو شباب کی سرحدیں عبور کر رہی تھی۔ اس کا نکھرا ہوا حُسن کسی گلشنِ رنگین سے کم نہ تھا۔ ایاز اس کی زندگی میں نور بن کر بکھر گیا۔ ایاز جو اس کی منزل تھا۔ اس کا رشتہ بہت پہلے ایاز سے طے پا چکا تھا۔ ایاز اس کے پپا کے دوست کا لڑکا تھا۔ اس کے والد کا بھی وسیع کاروبار تھا۔ شالو کی اکثر شامیں ایاز کے ساتھ گذرتیں۔ اس کی زندگی بہتی ندی کی طرح رواں تھی ہر صبح صبحِ بنارس ہر شام شامِ اودھ اور ہر شب شبِ مالوہ تھی۔ زندگی کا سارا حسن، ساری رعنائیاں وہ ایاز کے ساتھ مل کر لوٹ رہی تھی پھر ایک ایک جیسے بھونچال آگیا اس کے پپا کا بزنس بری طرح ٹھپ ہوگیا۔ اور کئی لاکھ کا دیوالیہ نکل گیا۔ اُسی شام ایاز کے والد نے شالو سے رشتہ توڑ دیا۔ اور صاف لفظوں میں کہہ دیا کہ "دنیا دولت کے بل پر جیتی ہے جو دولت نہیں رکھتا اس کو دنیا میں جینے کا حق نہیں ــ خاں صاحب! پہلے دولت جمع کیجئے پھر بیٹی کی شادی کی فکر کیجئے۔ میں ایاز کو سکوں میں تولنا چاہتا ہوں کھوکھلی آرزؤں میں نہیں۔"

شالو کے پپا کو دل کا دورہ پڑ گیا۔ وہ اس صدمے کی تاب نہ لا سکے۔ پھر ایک بار شالو کے دل کا شیشہ ٹوٹا۔ زخموں پر تیل ہی چھڑکا گیا۔ ممی کی موت کا گھاؤ ابھی مندمل نہ ہوا کہ پپا کی کشتئ حیات اُسے ڈولتی نظر آئی اس وقت شالو نے بڑی خود اعتمادی سے اپنی شرم کو بالائے طاق رکھ کر کہا۔

"مجھے ایاز پر بھروسہ ہے پپا۔ آپ کے خاطر میں اپنا دامن پھیلاؤں گی۔" اور پھر شالو نے سچ مچ ایاز کا ہاتھ تھاما اور کہا "ایاز میں اپنے لیے

نہیں اپنے پپا کے لئے تم سے بھیک مانگتی ہوں۔ اپنی محبت کا واسطہ میں نہیں دوں گی۔ پیار میں ڈوبے ہوئے ان لمحوں کو نہیں دہراؤں گی۔ میں صرف اپنے پپا کی زندگی کے لیے تمہارا تعاون چاہتی ہوں۔ دولت اور زندگی دونوں ایک ترازو میں رکھ کر دیکھو زندگی دولت سے کہیں زیادہ بھاری ہے۔ ایاز میرے اعتماد اور بھروسے کی لاج رکھ لو۔ پپا کی زندگی کو تمہارے اقرار کی ضرورت ہے۔" شالو نے اپنا دوپٹہ پھیلا دیا۔

"شالو میں تمہاری قدر کرتا ہوں ۔۔۔۔۔۔ ابا جان کے غصّے سے تم واقف ہو۔ ان کی ضد کے آگے میں مجبور ہوں۔ مجھے غلط نہ سمجھو ــــ" شالو لرز کر رہ گئی بالکل اس زرد پتے کی طرح جو ہلکی سی ہوا چلنے پر بھی جھڑ جانے کے خوف سے لرزتا ہے۔ پھر اس نے پھیلا ہوا دوپٹہ سمیٹ لیا جیسے ساری آرزوئیں اور امیدوں کو یکجا کر لیا ہو۔

"مجھے تم سے اب کچھ نہیں کہنا ہے" اور پھر وہ واپس چلی آئی، پھر ایک بار اس کے دل کا شیشہ ٹوٹا جھوٹی ہنسی چہرے پر لا کر اس نے اپنے پپا کو غلط بتایا کہ ایاز راضی ہو چکا ہے۔ لیکن اُسی لمحے کوئی آبدار موتی اس کی پلکوں پر چمکا جسے بوڑھی نظروں نے دیکھ لیا۔ اور پھر دل کا مریض جان سے ہاتھ دھو بیٹھا۔

"آہ ۔۔۔۔۔۔" ایک تڑپتی ہوئی آواز اُس کے وجود کی گہرائی سے نکلی اور فضاؤں میں گم ہو کر رہ گئی۔ وہ ماضی کے خواب سے چونک اُٹھی۔

کالج ختم ہو چکا تھا سب واپس جا رہے تھے۔ وہ بھی اُٹھ کھڑی ہوئی "معاف کیجئے گا ۔۔۔۔۔۔ شاید ۔۔۔۔۔ یہ آپ کی کتاب ہے۔" جنید اس سے مخاطب تھا۔ جنید جو ہمہ وقت پلکوں پر دل لیے اس کے جانب دیکھتا ہی رہتا کہ شاید کبھی نگاہِ کرم ہو جائے۔

"جی ہاں۔ شکریہ۔"

"سنیے —— جنید نے آواز دی۔ وہ رک گئی اور جنید کو محسوس ہوا جیسے وقت تھم گیا ہو، کائنات کی نبض رک گئی ہو۔

"گھر جا کر اس کتاب کے اوراق اچھی طرح دیکھ لیجیے گا کہیں کچھ نہ گئے ہوں"۔

اتنا کہہ کر آگے بڑھ گیا۔ لودیتا تو بڑی دیر تک اس بات پر غور کرتی رہی۔ گھر جا کر جب اس نے کتاب کے اوراق الٹ دیئے تو ان کے درمیان گلاب کی کلی ملی جس کی ہر پتی پر سیاہی سے محبت لکھا تھا اور اسی صفحے پر نیچے درج تھا۔

"اگر اس کا جواب "محبت" ہی ملے تو یہ کلی پھول بن سکتی ہے ورنہ اسے اس کتاب میں مرجھانے دیجیے"۔ منتظرِ نگاہِ کرم۔

جنید

وہ سوچ میں پڑ گئی۔ دوسری صبح جب وہ کالج گئی تو جنید کالج کے صدر دروازے پر ہی کھڑا تھا۔

"کل کی گستاخی کی سزا چاہتا ہوں۔"

"جنید صاحب۔ آپ مجھے غلط سمجھ رہے ہیں۔ طوفان کے تھپیڑے کھائی ہوئی کشتی کناروں پر بھی لرزتی ہوئی بڑھتی ہے کہ پھر کہیں کوئی طوفان نہ آجائے۔"

"سچ پوچھیے تو کشتی کو منزل تک پہنچنے کے لیے طوفان میں ڈوبنا اور ابھرنا بھنور میں پھنس جانا اور نکلنا ضروری ہے اسی میں تو زندگی کا لطف ہے"

"یہ صرف افسانوی باتیں ہیں جنید صاحب کھلے میدان میں یہی باتیں ساکت ہو کر رہ جاتی ہیں۔"

"یقین نہ ہو تو آپ مجھے آزما سکتی ہیں۔"

"لیکن اس کی ضرورت ہی کیا ہے؟"

"اس لیے کہ آپ کو کعبۂ دل کا صنم بنایا ہے اور سجدے کی اجازت مانگتا ہوں۔"

"جو خود ساری زندگی سجدہ ریزی میں گذار چکا ہے اس کے آگے سجدوں کی اہمیت ہی کیا۔"

"میں آپ کی نہیں اپنی بات کر رہا ہوں اس پھیلے ہوئے دامن میں انکار کے پتھر نہ ڈالیے میں انہیں سے اپنے وجود کو لہولہان کر لوں گا۔"

"لیکن میں مجبور ہوں۔ للٰہ مجھے پریشان مت کیجئے۔" شانو تیز قدموں سے آگے نکل گئی۔ جنید اس کے قدموں کی چاپ سنتا رہا۔ خاموش نگاہوں سے اس دھول کو دیکھتا رہا جو اس کے قدموں کی حرکت سے آہستہ آہستہ اڑ رہی تھی۔ پھر دن گذرنے لگے۔ شانو نے بی، اے، مکمل کر لیا۔ جنید بھی گریجویشن کر چکا۔ ریزلٹ کے بعد وہ پھر شانو سے ٹکرایا۔

"میں نے کہا نا جنید صاحب۔ ایک دل صرف ایک ہی کے لیے دھڑک سکتا ہے۔ مجھے تنگ نہ کیجئے۔"

"میں آپ کو تنگ نہیں کرتا۔ صرف اس کی اجازت چاہتا ہوں کہ ساری زندگی صرف آپ کی حسرت میں ہی جی سکوں۔"

"یہ بات بالکل غلط ہے۔" وہ جھنجھلا گئی۔

"جو تمنا، جو خواہش، ہوک کی طرح اچانک دل میں اٹھ جائے وہ غلط بھی ہو تو حسین لگتی ہے اس سے تو زندگی میں بہار ہے۔"

"آپ میرے بارے میں کچھ نہیں جانتے۔" شانو نے کہا۔

"سب کچھ جانتا ہوں۔ اس زخم کا نام بھی بتا سکتا ہوں جس نے آپ کے دل میں پناہ لی ہے ایاز۔"

"لیکن ۔۔۔۔ لیکن آپ کیسے جانتے ہیں۔"

"موتی کی تلاش اگر ہو تو غوطہ زن سارے سمندر کی گہرائی ناپ لیتا ہے آپ بھی تو ایک گوہر آبدار ہیں۔" جنید نے کہا۔

"سب کچھ جانتے ہوئے آپ ۔۔۔۔" وہ رک گئی۔

"ہاں آپ سے پیار کرتا ہوں۔" جنید نے آخر کہہ دیا۔

"اگر اس کے جواب میں میری جانب سے کچھ نہ ملے تو ــــ؟"

"نہ سہی ــ پجاری کے لیے تو یہی بہت ہے کہ جس دیوی کی وہ پوجا کرتا ہے وہ اسے درشن دیدے۔ میں صرف آپ کو نگاہوں کا سرمہ بنا کر جی لوں گا۔"

"آپ بھی عجیب ہیں۔" شانو حیرتوں کے ساگر میں ڈوب گئی۔

"بس اتنی عنایت کافی ہے۔ جنید مودبانہ سلام کرکے آگے بڑھ گیا۔

دو سال اور گذر گئے۔ شانو ایک پرائیوٹ اسکول میں ٹیچر ہوگئی اور جنید ایک کمپنی میں ملازم ہوگیا۔ وہ ہر روز صبح شانو کو اسکول جاتا ہوا دور سے دیکھ لیتا سر جھکا کر سلام کرتا اور پھر اپنی سیکل کا رُخ کمپنی کی جانب کر دیتا۔ یہ سلسلہ یونہی چلتا رہا۔ شانو اس کے سلام کا جواب دیتی اور گذر جاتی۔ آخر کار متواتر سجدوں نے لاج رکھ لی۔ بار بار کی ضرب سے تو لوہا شکل بدل دیتا ہے اور پھر شانو تو عورت تھی۔ جنید کا پیار رنگ لایا۔ شانو کے ویران آنگن میں محبت کا چمن مہکا اور اس نے جنید سے ہار مان لی۔

"میں تم سے منسلک ہونا چاہتی ہوں ساری زندگی کے لیے۔" شانو نے ہاتھ بڑھایا۔

"سچ شانو!! جنید نے فرطِ مسرت سے اس کا ہاتھ تھام لیا۔ اور پھر دونوں رشتۂ ازدواج میں منسلک ہو گئے۔ شانو دلہن بن کر جنید کے گھر آئی پھر کیوں

کے دیئے جل اُٹھے، پیار کے جگنو چمکنے لگے۔ تمناؤں کے قدم رنگِ حنا سے سنور اُٹھے آرزوں کی پائل چھنک اُٹھی۔ امیدوں کے کنگن کھنکنے لگے۔ محبت کے ماتھے پر افشاں چمکنے لگی۔ دھنک کے دل نشین رنگوں نے شانو اور جنید کو رنگ دیا۔ پہلی بار شانو نے جانا کہ دل کیوں دھڑکتا ہے، آنکھوں میں روشنی کیسے آتی ہے، پلکوں کی چلمن بے قرار رہتی ہے، ہونٹوں کی مسکراہٹ جینے کا پیام کب دیتی ہے، عارض کے گلاب کب مہکتے ہیں، زلفوں کی گھٹائیں کب گھر آتی ہیں۔ اپنا وجود معطر کیسے ہوتا ہے وہ پہلی بار اس بے پناہ خوشی سے آشنا ہوئی تھی۔ ورنہ زندگی نے عین شباب میں اس کی راہوں کو خار دار کر دیا تھا۔ اس کی مچلتی آرزوؤں پر خاک اڑائی تھی۔ جنید کی باہوں کو وہ اپنی زندگی کا ساحل سمجھتی رہی۔ اسے یقین تھا کہ اب کوئی طوفان نہیں آئے گا۔ چند لمحے اور گذرے وقت دبے پاؤں آگے بڑھ گیا۔ پھر ان کے گلشنِ زیست میں ایک گلاب مہکا "شہزاد"

اس کی کلکاریاں گھر کے آنگن میں گونجتی رہیں۔ شہزاد شانو اور جنید کی زندگی میں چراغ کی لو بن کر آیا۔ جس کی روشنی دونوں کو راہ دکھا رہی تھی۔ عمر کی ڈور دراز ہوئی۔ کلیاں چٹکیں اور پھول بنیں۔ شہزاد پانچ سال کا ہو گیا۔ جنید کی ترقی ہوئی اور شانو نے نوکری چھوڑ کر گرہستی سنبھال لی۔

پھر ایک دن وہ آیا جب جنید کو کسی ضروری کام کے تحت نینی تال جانا پڑا نینی تال کے نام سے شانو کے دل میں کوئی طویل بسری یادیں چٹکیاں لینے لگی۔ یہ وہی تو تھا جس نے اس کی خوشی کو چھین لیا۔

"نہیں ـــ آپ نینی تال نہیں جائیں گے۔ شانو لرز کر بولی۔

"تم پاگل ہو ـــ ایسے مقام پر جانے سے روکتی ہو مجھے۔" جنید نے مسکرا کر کہا۔

"نہیں۔ مجھے اس نام سے دحشت سی ہوتی ہے۔ میری ممی وہاں گئیں اور لوٹ کر نہیں آئیں۔" اس کی آنکھوں میں وہم اور خوف کی پرچھائیاں رقص کر رہی تھیں۔

"نہیں شانو! ایسی وہمی باتیں نہ کیا کرو۔ میں تو چار چھ روز میں واپس آ جاؤں گا۔ میرا جانا بے حد ضروری ہے۔ اور پھر جنید سچ مچ چلا گیا۔ شانو سہم کر رہ گئی۔

چار دن گذر گئے۔ یہ چار دن شانو کے لیے چار برس سے کم نہ تھے۔ جنید کے جانے کے بعد شانو محسوس کر رہی تھی کہ زندگی تپتا صحرا ہے جس میں اس کا وجود بھٹک رہا ہے اور اس وقت وہ واقعی لرز گئی جب اس کے ہاتھ میں جنید کی موت کا ٹیلیگرام آیا۔ اس نے محسوس کیا کہ اس کے دل کا ایک شیشہ اور لوٹ گیا۔ اس کی چبھن انگ انگ میں محسوس ہونے لگی۔ آنسوؤں کا تیز ریلا آبشار کی طرح رواں ہوا اور گالوں سے بہہ کر زمین پر آگرا۔ وہ ایک سسکی لے کر یوں چپ ہو گئی جیسے بجتا ہوا ستار کسی تار کے ٹوٹ جانے پر دم توڑ دیتا ہے۔

"می بولو نا ۔۔۔ ممی" شہزاد اس کے پیروں سے لپٹا ہوا تھا۔ اس وقت شانو نے محسوس کیا کہ وہ صرف بیوی ہی نہیں بلکہ ماں بھی ہے۔ ماں ۔۔۔ کتنا امرت بھرا ہے اس لفظ میں کتنا سکون ہے ان تین حرفوں میں۔ فلک کی رفعت، سمندر کی وسعت، کوہ کی بلندی، گھنے درختوں کی چھاؤں، چشمے کی ٹھنڈک، ہواؤں کی خنکی، ابر کا سایہ، دھرتی کا سینہ، ان سب کو یکجا کر کے قدرت نے اس عظیم ہستی کی تخلیق کی جس کو "ماں" کہتے ہیں وہ اپنے نام کی گہرائی میں ڈوب گئی۔

"ممی" ۔۔۔ شہزاد نے اُسے جگایا۔

"شہزاد ـــــ میرے بچے، میرے لال، وہ سوتے میں جاگ پڑی۔
"ممی ۔ پپا کہاں ہیں ممی بولو نا ۔"
"بیٹا ۔ تیرے پپا چندا ماما کے پاس گئے ہیں۔ وہ خلاؤں میں گھورتی ہوئی بولی۔
"ممی ۔ میں بھی جاؤں گا وہاں راکٹ پر بیٹھ کر ۔ میں جاؤں گی ـــ شہزاد نے ننھے ننھے ہاتھ اس کے گیلے گالوں پر پھیر دیئے۔
"نہیں شہزاد نہیں ـــــ ایسا نہیں کہتے بیٹے ۔"اس کی سسکی کچھ تیز ہوگئی جیسے چراغ بجھنے سے پہلے بڑے زور سے بھڑکتا ہے۔
"پھر پپا کو تم نے کیوں نہیں روکا ممی ـــــ شہزاد نے معصوم تیر چلا دیا۔
"شہزاد ـــــ اور لاکھ ضبط کے باوجود شانو جل تھل ہوگئی۔

پھر آہستہ آہستہ وقت کسی بوڑھے قدموں کی طرح بڑھنے لگا۔ شانو نے کبھی شہزاد کو یہ محسوس ہونے نہیں دیا کہ جنید مر چکا ہے اس نے پھر سے نوکری کر لی۔ وہ اپنے آپ کو مصروف رکھنا چاہتی تھی کیوں کہ مصروفیت ہی وہ مرہم ہے جو ہزار غم بھی اپنی وجہ سے بھولنے پر مجبور کرتی ہے۔ جنید کی عطا کی ہوئی بخشش کو وہ اپنا خونِ جگر دے کر سنوار رہی تھی۔ اس کی ویرانیاں تھیں اور شہزاد کا مستقبل تھا۔

وقت کی بارش تھی۔ بوندوں سے دریا، دریا سے سمندر بنا۔ شہزاد کا بچپن جوانی میں بدلا اور شانو کا شباب بڑھاپے کی سمت رواں ہوا۔ ایک طرف بہار دوسری طرف خزاں، ایک جانب سویرا دوسری جانب اندھیرا، ایک سمت موجوں کا شور، دوسری طرف ساحل کا سکوت ـــــ اب شہزاد انجینیر تھا۔ شانو کی محبت رنگ لائی، جنید کی روح کو چین ملا ـــــ پھر شانو نے بڑے ارمانوں سے شہزاد کو سہرا باندھا اور سمیرہ بہو بن کر آئی۔ سمیرہ دولت مند باپ کی مغرور لڑکی تھی۔

شہزاد کی آنکھوں میں چمکتے ہوئے پیار کے جگنو شانو نے دیکھے اور اس کی خوشی کے لیے نواب احتشام کے آگے دامن پھیلایا۔ مگر سمیرہ شانو کی عظمت کی معترف نہ ہو سکی۔ وہ یہ نہ جان سکی کہ ایک ماں اپنی اولاد کے لیے کیا کر گذرتی ہے اس نے صرف یہی سمجھا کہ وہ ایک دُرِ نایاب ہے جس کو پانے کے لیے شانو نے نواب احتشام سے بھیک مانگی ـــــ کاش وہ جان سکتی کہ ماں تو کبھی کبھی اپنے بچوں کے لیے خود کو خیرات میں دے دیتی ہے۔ لیکن شانو کو سمیرہ سے گلہ نہ تھا۔ وہ شہزاد سے دکھی ضرور تھی جس نے اس کی ہستی کو نظر انداز کرنا شروع کیا تھا۔ اس کی آنکھوں کے دیئے مدھم ہو رہے تھے۔ اس کی سیاہ زلفیں سفید ریشم میں بدلنے لگی۔ رات بھر وہ جاگتی، غم کی بھٹی اور تنہائی کے الاؤ میں جلتی مگر کسی کو اتنا ہوش نہ تھا کہ اس کے دُکھ کا مداوا کرے۔ سب اپنی اپنی خوشیوں میں مگن تھے۔

"جنید ـــــ دیکھو تو تمہارا بیٹا کتنا خوش ہے تمہاری بہو کتنی خوش ہے میں نے اپنا فرض پورا کیا۔ تم مجھ سے ناراض تو نہیں ہو نا! لیکن میں ـــــ میں میں کیوں اداس ہوتی جا رہی ہوں۔" اور پھر اس کی آنکھوں سے موتی گر گر کر ٹوٹنے لگے۔ وہ اندھیروں میں ان موتیوں کو سمیٹنے لگی مگر وہ لوٹ جاتے اور اس کے ہاتھ گیلے ہو جاتے

وقت آگے ہی آگے بڑھتا رہا پھر اچانک ایک ملگجی شام کو شہزاد آیا۔

"ممی - میں اور سمیرہ امریکہ جا رہے ہیں ہماری سیٹیں بک ہو چکی ہیں"

جیسے بم کا دھماکہ کسی ویرانے میں گونجے۔ شہزاد نے کہا اس غیر متوقع حملے کی شانو کو امید نہ تھی

"کیا ـــــ؟ وہ کچھ دیر تک خود کو بے جان سمجھتی رہی لیکن جب دل کی دھڑکن نے شدت اختیار کی تو وہ یہ مشکل کہہ سکی۔

شہزاد خونِ جگر سے سینچا ہوا درخت جب ٹھنڈی چھاؤں دینے کے قابل ہو جاتا ہے تو راہرو اس میں پناہ لیتے ہیں اور میں ــــــ میں تو وہ زمین ہوں جس پر یہ درخت کھڑا ہے۔

"ممی۔ آپ کی فلسفیانہ باتیں میری سمجھ سے باہر ہیں۔"

"شہزاد ــــــ تم مجھے چھوڑ کر چلے جاؤ گے ــــــ" شانو اُمڈ پڑی چلی آ رہی تھی۔

"ممی۔ آپ سمجھتی کیوں نہیں۔ یہاں رکھا ہی کیا ہے اگر میں امریکہ چلا جاؤں گا تو قسمت بدل جائے گی۔ سمیرہ کی بھی یہی خواہش ہے کہ ہم اپنی شادی کی پہلی سالگرہ وہاں منائیں۔ یہاں ساری زندگی محنت کر کے اتنا نہ کما سکوں گا جتنا وہاں مجھے صرف ایک سال میں ملے گا اور پھر وہاں settle ہونے کے بعد آپ کو بلوائیں گے۔" شہزاد نے جھوٹی تسلیوں کا آشیانہ بنانا چاہا۔

"شہزاد تم دولت کمانے کے لیے اپنی ماں کو بھی چھوڑ کر جاؤ گے" شانو نے اپنے وجود کو منوانے کی کوشش کی۔

"میں وہاں جا کر آپ کو بلوا لوں گا" شہزاد پیچھا چھڑانے کی فکر میں تھا۔

"بیٹیا۔ تم ہلال سے بدر کامل بن گئے اور جب مجھے اجالوں کی ضرورت ہے تم گھٹاؤں میں چھپ رہے ہو۔ میں نے تم کو اس لیے اتنا بڑا تو نہیں کیا تھا نا کہ! تم مجھے چھوڑ کر چلے جاؤ۔ میں تمہارے بغیر سانس کیسے لے پاؤں گی۔

"ممی آپ نے بھی وہی کیا جو ہر ماں کرتی ہے کیا آپ مجھ سے اپنے احسانوں کا معاوضہ طلب کر رہی ہیں۔ کیا ہر ماں اپنے بچوں کے روشن مستقبل پر اپنی ممتا کی مہر لگا دیتی ہے۔ وہ تو اس کا فرض ہی ہوتا ہے۔"

"تم ٹھیک کہتے ہو شہزاد! تم وہاں جاؤ گے، دولت کماؤ گے

تمہارا مستقبل سنور جائے گا۔ جاؤ بیٹا ضرور جاؤ۔ میری عمر ڈھل گئی ہے نا! اسی لیے سٹھیا جاتی ہوں۔ بھلا سوچو تو محبت کا واسطہ دینے کا یہ کون سا موقع تھا۔ شانو نے غم کو سہہ لیا۔

"اوہ ممی۔ آپ کتنی اچھی ہیں۔" اور شہزاد فواروں سے نکلتے ہوئے پانی کی طرح اچھلتا ہوا باہر نکل گیا۔

شہزاد کے جانے کا وقت آیا۔ جہاز پرواز کے لیے تیار تھا۔ سمیرہ اور شہزاد دونوں اُس سے رخصت ہو کر جہاز کی جانب بڑھ گئے۔ وہ بوکھلائی نظروں سے انہیں دیکھتی رہی

"ٹپ ——" دفعتاً اس کے ہاتھ پر پانی کی ایک بوند پڑی۔ تب وہ چونک اُٹھی۔ اردگرد دیکھا پھر اوپر کی جانب دیکھا۔ آسمان ابر آلود تو نہیں تھا پھر پھر بارش کہاں سے ہوئی — لیکن جب اس کے ہاتھ اپنے گالوں کی طرف بڑھے تو وہاں آبشار بہتا دکھائی دیا۔ اس نے محسوس کیا کہ اس بار اس کے دل کا ایک اور شیشہ ٹوٹا ہے اور اس کی کرچیں اس کے سارے وجود کو لہولہان کر رہی ہیں۔ یہ خون ہی تو تھا جو آنسو کی شکل میں آنکھ سے ٹپک پڑا۔ وہ شدت جذبات سے مغلوب ہو کر ایرپورٹ سے نکل گئی۔

درد اور درماں

رات کا پر ہول سناٹا، خاموشی کے دبیز پردوں کو چاک کرتی پولیس کے جوانوں کے قدموں کی آہٹ خوف و دہشت کے رینگتے سایے اندھیروں کی سیاہ چادر اوڑھے ماحول کی پر اسرار سرگوشیاں۔

سارا علاقہ کرفیو کی زد میں تھا۔ وہ بے چاری آنکھوں سے مجبور بڑھاپے سے لاچار اپنے نحیف و ناتواں جسم کو کمزور پیروں پر سنبھالے دروازے کی زنجیر کو تھامے وہ دہلیز پر بیٹھی تھی۔ ہوا کے جھونکوں سے لرزتے ہوئے سوکھے پتوں کی طرح اس کا جسم کانپ رہا تھا۔ اس کا وجود ایک بوسیدہ چھت کی طرح تھا۔ اس کے جھریلوں بھرے چہرے پر انتظار کی جان لیوا کسک تھی۔

کتنی بار کہا کہ وقت پر گھر آجائے۔ مگر جانے کہاں کہاں گھومتا رہتا ہے۔ اس کے لبوں سے ایک آہ نکل گئی۔

"پتہ بھی نہیں چل سکتا کہ چراغ جلے یا نہیں ـــــ مگر کتوں کے بھونکنے کی آواز تو آنے لگی ہے کیسی خاموشی ہے ہر طرف ـــــ لیکن ـــــ لیکن سیٹیاں تو بج رہی ہیں شاید پولس والے لوگوں کو خبردار کر رہے ہیں۔ اور یہ کم بخت کہاں چلا گیا۔"

وہ منھ ہی منھ میں بدبدائی۔ تبھی کسی نے دروازہ ڈھکیلا۔ اس نے زنجیر کھول دی اچانک دھڑام سے کوئی چیز اس کے قریب گری۔

"بیٹیا ــــــ چوٹ تو نہیں آئی۔ آج شاید بجلی پھر چلی گئی۔ اسی لیے تو دیکھ نہ پایا۔" اس نے کپڑوں کی سرسراہٹ محسوس کی۔

"چل تو ہاتھ منھ دھولے میں کھانا لاتی ہوں۔ بڑھیا آہستہ سے اُٹھ کھڑی ہوئی۔

"بھلا کیا وقت ہوگا اب ــــــ" اس نے سوال کیا۔ جواب میں خاموشی رہی۔

"تو نے جواب ہی نہیں دیا۔ کیا بات ہے۔ آج چپ کیوں ہے؟" وہ اندھیرے میں برتن ٹٹول رہی تھی پھر بھی خاموشی رہی۔

"شاید بہت بھوک لگی ہے تجھے ــــــ کیا آج پھر کسی سے الجھ کر آیا ہے۔ دیکھ بیٹیا! چار دن کی اس زندگی میں کیا لڑنا کیا جھگڑنا ــــــ خود بھی سکھ سے جی اوروں کو بھی ــــــ

"چل آجا یہاں بیٹھ ــــــ اس نے دالان میں بچھے تخت پر بیٹھے ہوئے کہا۔

"میں جانتی ہوں ــــــ جب تک تیرا غصہ ٹھنڈا نہیں ہوگا تو بولے گا نہیں۔" وہ مسکرائی اندھیروں میں ایک نور سا چمکا۔

"تو بیٹھا کہ نہیں ــــــ" بڑھیا نے تخت پر ٹٹولا ــــــ اس کے ہاتھوں کو لمس کا احساس ہوا۔

"میں کھلاؤں گی تجھے اپنے ہاتھ سے ــــــ" بڑھیا نے ٹٹول کر روٹی ہاتھ میں لی۔ سالن کے کٹورے میں ڈبو کر ایک لقمہ آگے بڑھایا

پگلا کہیں کا ـــــــ کھانے پر غصہ نکالتا ہے کھائے گا نہیں تو صحت بگڑ جائے گی پھر اس اندھی ماں کو کیسے سنبھالے گا تو۔ لے کھا لے" یہ کہتی ہوئی وہ دوسرا نوالہ آگے بڑھانے لگی۔ اس دوران بڑھیا کھانا کھلاتی رہی اور باتیں کرتی رہی وہ کھاتا رہا اور چپ رہا۔

کھانے کے بعد اس نے اپنے آنچل سے اس کا منہ صاف کیا۔ بالوں پر ہاتھ پھیرتے وہ یکبارگی چونک سی گئی۔

"یہ .... یہ تیرے بال اتنے الجھ کیوں گئے ـــ ہیں"

اسے کوئی جواب نہیں ملا بڑھیا نے اس کے چہرے کو ٹٹولا ـــــ تو نے.... .... تو نے شیو بھی نہیں کیا ہے" پھر بھی جواب نہ ملا۔ بڑھیا اس کے گریباں اور شانوں کو ٹٹولنے لگی، تیرا وہ تعویذ کہاں ہے جو میں نے نظر سے بچنے کے لیے تجھے باندھا تھا۔" بڑھیا نے اس کے بازو کو چھو کر کہا وہ پھر بھی چپ رہا۔ مگر اس کی تیز تیز سانسیں اس سے چھپی نہ رہ سکیں

"اچھا جانے دے ـــــ شاید کھو گیا ہوگا گھبرا نہیں میری گود میں سر رکھ کر سو جا ساری بلائیں میں لے لوں گی۔ آ میرے بچے میرے قریب آجا۔"

وہ تامل نہ کر سکا۔ اس نے اپنا سر بڑھیا کی گود میں رکھ دیا ایک پل کے لیے اسے محسوس ہوا۔ جیسے وہ پالنے میں ہو۔ نیند کی دیوی اس پر مہرباں ہو گئی۔

پتہ نہیں رات کا وہ کون سا پہر تھا ـــــ جب دروازہ ایک دھڑاکے کے ساتھ کھلا۔ اندھیرے میں اس نے دیکھا ایک سایہ اس کی طرف تیزی سے بڑھ رہا تھا۔ آنے والے کے ہاتھ میں لاٹھی صاف نظر آرہی تھی

وہ بھی پوری طرح چوکس ہو گیا۔ کمرہ میں بند معاجا قو اس نے بھی نکال لیا اور جھٹکے کے ساتھ بڑھیا کی گود سے اٹھ بیٹھا ــــــ

"ارے کیا ہو گیا ــــــ کون ہے ــــــ ؟ یہ کس کی آواز ہے۔" بڑھیا خود کو سنبھالتی ہوئی سوالات کر رہی تھی قبل اس کے کہ کوئی جواب ملتا دونوں ایک دوسرے سے الجھ گئے۔ بڑھیا ٹٹولتی ہوئی قریب پہنچ گئی۔ اس نے اپنی دونوں باہیں پھیلا دیں۔

"رک جاؤ ــــــ رک جاؤ۔

اور پھر بجز ایک کمزوری چیخ کے کچھ سنائی نہ دیا لاٹھی زمین پر گری اور چاقو آنگن میں۔

"اماں ــــــ

ماں جی ــــــ

بیک وقت دو آوازوں نے ماحول کا سینہ چاک کر دیا۔ تبھی روشنی سی چمکی شاید بجلی آ چکی تھی۔ بڑھیا کے ماتھے پر لاٹھی کا ضرب تھا اور شانے پر چاقو کا گھاؤ۔ دونوں ہی جگہ سے خون رس رہا تھا۔ سفید کپڑوں اور لمبے بالوں میں سرخ سرخ بہتا ہوا خون جیسے برف میں گلاب گھل گئے ہوں۔

دونوں ہی بڑھیا کے قریب آ گئے جیسے وہ ان کی ملکیت ہو۔

"ہٹ جاؤ یہاں سے یہ میری ماں ہے ــــــ" پہلے نے کہا۔

"تو نکل جا یہاں سے یہ میری ماں ہے ــــــ" دوسرے نے جواباً کہا۔

"بیٹا ــــــ بڑھیا کے سوکھے لب مرتعش ہوئے۔

ماں تو ماں ہوتی ہے چاہے وہ رام کی ہو یا رحیم کی ــــــ اس

کا دھرم اور مذہب تو اس کی ممتا ہے دعا اور آشیرواد اس کی بولی۔ مگر ہر دور میں ماں نے دکھ جھیلا چوٹ اسے لگی۔ گھائل وہ ہوئی، خون اس کا بہا ٹکڑے اس کے ہوئے ناشا نے اس کے کیے ـــــ کبھی مندر کے نام پر تو کبھی مسجد کے نام پر، کبھی بھاشا کے لیے تو کبھی بولی کے لیے۔ کبھی ذات پات کے لیے تو کبھی رنگ و نسل کے لیے ـــــ شاید ماں کی قسمت میں تخلیق کے کرب کے ساتھ ساتھ اولاد کا دکھ بھی جھیلنا لکھا ہے۔" اتنا کہتے کہتے بڑھیا نڈھال سی ہو گئی۔ اس کے زخموں سے اب بھی خون بہہ رہا تھا۔

"چلو ہم ماں کو ہسپتال لے چلتے ہیں۔

"میں اسے اپنا خون دے دوں گا۔

"میں اس کے لیے اپنی جان دے دوں گا۔

دونوں ہی یک وقت ایثار کے لیے تیار ہو گئے۔ زخم کو مرہم درد کو درماں مل گیا۔

"نہیں میرے بچو! یہ زخم بھر جائیں گے یہ گھاؤ مٹ جائیں گے بس ـــــ مجھے تم دونوں کا سہارا چاہیے۔ میرے بازو کا کام لو میں آپ ہی آپ اٹھ جاؤں گی۔ میرے قدم کبھی لڑکھڑائیں گے نہیں ـــــ میں گر نہیں پاؤں گی۔ کوئی مجھے دھکا نہ دے سکے گا۔ بس تمہارا ساتھ چاہیے مجھے۔ تم دونوں کے بل پر ہی میں زندہ رہ سکتی ہوں ـــــ نا"

ممتا کے اس جذبے نے نفرت کو محبت سے بدل دیا۔ دونوں نے اپنی ماں کو کاندھے پر اٹھا لیا ـــــ

ٹیبل پر رکھا ہندوستان کا نقشہ پنکھے کی تیز رفتاری سے پھڑپھڑا رہا ہوتا۔ صفدر نے تیزی سے آنکھیں جھپکائیں ـــــ اور

پھر اسے یاد آیا وہ تو اس نقشے میں رنگ بھر رہا تھا نہ جانے کیسے اسے نیند آ گئی۔ اور اس نے خوابوں کی دنیا میں اپنی مادرِ وطن کو تلاش کر لیا۔ اس کا ہاتھ رنگوں سے کھیلنے لگا اس کے چہرے پر ابھرتے سورج کی کرنیں بکھر گئیں۔

طوفان کے بعد

"اماں مجھے بھوک لگی ہے۔"
"اماں ایک روٹی دے دے نا!"
"اماں مجھے دودھ چاہیے ۔"
"اماں بسکٹ دلا دے نا!"

پے در پے ممتا کے در پر دستک ہوتی رہی۔ وہ خاموش تھی جیسے پتھر کا بت آنکھوں میں ویرانی اور وحشت جھانک رہی تھی۔ ہونٹوں پر جمی پپڑیاں اس بات کی شاہد تھیں کہ اس نے شاید پانی بھی نہیں پیا۔ تبھی ایک ننھا سا وجود اس کی گود میں کلبلایا اور ہاتھ پیر مارتا ہوا رونے لگا۔ اس نے اس پر نظر ڈالی۔ تین ماہ کا یہ بچہ صرف گوشت کا ایسا ٹکڑا تھا جس کی ننھی ننھی کلائیوں پر جھرّیاں ہونے کے برابر تھا۔ چھوٹا سا دہن کھول کر جب وہ چلّاتا تو یوں محسوس ہوتا تھا جیسے اس دنیا میں آنے کی سزا پر آنسو بہا رہا ہو۔

اس نے غور سے بچے کو دیکھا —— شاید زبان خاموشی سے وہ یہ پوچھنا چاہتی تھی کہ تجھے اس دنیا میں آنے کی ضرورت ہی کیا تھی۔ یہاں تو پانچ کے ہی لالے پڑے تھے۔ مگر شاید یہ سوچ کر کہ اس میں اس

معصوم کا کیا قصور تھا وہ چپ رہ گئی۔ اور دل ہی دل میں اس نے رحمٰن کو کوسنا شروع کیا۔

کم بخت، نامراد بے ایمان ـــــــ کس نے کہا تھا کہ اسے پیسہ کمانے کے لیے۔ اتنا کافی تھا کہ تنخواہ سے روکھی سوکھی تو کھا لیتے۔ اگر یہ موئی شراب کی لت نہ ہوتی تو حرص بھی نہ ہوتی۔ جتنا کماتا ہے، اس سے بڑھ کر گنواتا ہے۔ آخرکار لالچ میں آ ہی گیا نا! بات تو معمولی سی تھی۔ صرف کسی کے قتل کے لیے اسے استعمال کیا جا رہا تھا۔ کام تو اتنا ہی تھا کہ لاش کو گڑھے میں ڈال دے ـــــــ اس نے بات مان لی اور بڑے پیار سے نجمہ کو منالیا۔

"بس تیرا ساتھ چاہیے نجمہ۔ ہفتے پندرہ دن کی تو بات ہے۔ یوں ضمانت ہوئی اور یوں میں آیا۔ مجھے تو صرف ایک چھوٹا سا کام کرنا ہے۔ میں نے کون سا کسی کو قتل کیا ہے۔"

"ہائے اللہ!! تم جیل جاؤ گے۔ پولیس کی مار کھاؤ گے۔" وہ خوفزدہ ہوگئی۔

"اونہہ۔ چھوڑ ان باتوں کو۔ اری پگلی جینے کے لیے کچھ تو کرنا ہی پڑے گا۔ سات آدمیوں کا پیٹ اتنی آسانی سے کیسے بھر سکتا ہے بھلا۔"

"نہیں نہیں ـــــــ میں تمہیں نہیں جانے دوں گی۔" نجمہ نے اس کا ہاتھ پکڑ لیا۔

"چھوڑ مجھے۔ موقع ملا ہے کچھ کر لینے دے۔ تیرے لیے چھپائی ساڑی، کلائی بھر چوڑیاں لے آؤں گا!" وہ کپڑے جھٹک کر اٹھ کھڑا ہوا۔

"ابا ـــــــ مجھے سیکل نہیں دلاؤ گے ـــــــ" ننھا اکبر بڑے

دُلار سے پوچھا۔
"کہاں سے دلاؤں سیکل ۔ تیرے نانا نے کوئی جائیداد رکھ چھوڑی ہے۔" وہ اسے پرے ہٹاتا ہوا باہر نکل گیا۔ اکبر سخت لسبور نے لگا نجمہ دروازے کی طرف دیکھتی رہ گئی۔
شادی کے بعد سے اس نے کون سی خواہش کی ہے۔ خود کو تو اس نے ایک ایسی مشین بنا لیا تھا۔ جو خاندان میں ہر سال ایک نئے فرد کا اضافہ کرتی۔ ان سات سالوں میں اس کا وجود حسرت، کا ایک کھلا باب تھا۔ کانچ کے برتن میں کھانے کی آرزو سے لے کر سونے میں زرد ہونے کے سارے سپنے مٹی کے برتن کی طرح ٹوٹتے رہے۔ کبھی کبھار خواہشوں کا در کھل جاتا تو جھلاہٹ میں ایک آدھ جملہ اس کی زبان سے نکلتا جس کے جواب میں اُسے گھونسوں اور لاتوں کی بارش سہنی پڑتی ۔ اس کا انگ انگ ٹوٹ جاتا اور آرزوئیں راکھ کا ڈھیر ہو جاتیں۔ وہ کرتی بھی کیا۔ ایک بوڑھا باپ تھا جس نے شادی کے تیسرے ماہ بعد ہی اپنی آنکھیں موند کر بے وفائی کرلی۔ دوسرے رشتے دار برائے نام تھے۔ سسرال میں اکتائے تو میکے میں چین پائے۔ یہاں میکہ تو تھا نہیں۔ اس کی پوری زندگی اپنے پانچ بچوں کے ساتھ صرف اور صرف رحمٰن کے اطراف گردش کر رہی تھی۔
ایک ماہ گزر گیا ـــــــ نہ ساڑی آئی نہ چوڑیاں اور نہ خود رحمٰن ـــــــ وہ سینے ہی کیا جس میں مستی نہ ہو، وہ سوچ ہی کیا جو مضطرب نہ ہو، وہ دل ہی کیا جو بے قرار نہ ہو۔ نجمہ کا دل بھی ماہیِ بے آب ہو گیا۔ تب وہ صاحب کے بنگلے پر پہنچی۔ اپنے بوسیدہ آنچل سے جسم کو اچھی طرح ڈھانک کر اس نے صاحب سے پوچھا۔

"رحمن ایک ماہ ہو گیا صاحب واپس نہیں آیا——"

"اسے تو تین سال کی سزا ہو گئی——" صاحب نے کچھ رکتے سنبھلتے کہا۔

"تین سال کی سزا—— مگر اس نے تو کہا تھا کہ آپ اُسے پندرہ دن میں بلائیں گے۔ اس کی آنکھوں میں خوف زہر اس کے سایلے رینگنے لگے۔

"ہوش میں تو ہو تم—— ہم بھلا اسے کیوں چھڑائیں گے۔ اس نے جیسا کیا ویسا پایا۔" صاحب برہم ہو گئے

"مگر میرا رحمن تو بہت سیدھا سادھا بھولا بھالا ہے۔ اسے تو کچھ بھی نہیں معلوم۔ آپ ہی نے تو اسے یہ کام کرنے پر مجبور کیا۔"

"دوبارہ یہ بات کہی تو دھکے مار کر نکال دوں گا نکل جا یہاں سے" وہ غصے سے بپھر گئے۔ اور وہ ڈوبتے قدموں سے بنگلے کے باہر آ گئی۔

"کم بخت بڑا چلا تھا پیسہ کمانے کے لیے۔ اس نے نفرت سے گردن جھٹک دی۔ اب کیا ہوگا—— یہ تین سال کیسے کٹیں گے—— کیسے پالوں گی میں اکیلی—— وہ اسی سوچ میں چلی جا رہی تھی کہ کسی نے ٹھوکا دیا۔ وہ خیالوں کے چنگل سے آزاد ہو گئی۔

"دیکھ کر نہیں چلا جاتا——" اس نے پالو کو پہچان لیا۔ محلے کا موالی اس نے ساڑی کا پلو کمر میں کس لیا۔

"یہی تو مشکل ہے۔ تجھے دیکھ کر اور کچھ دیکھا نہیں جاتا۔"

"تو پھوڑ لے اپنی آنکھیں——!" وہ جل کر بولی۔ ایک بے سُرا قہقہہ اس نے لگایا۔

"راج کرے گی۔ بات مان لے وہ اب آنے والا نہیں تو سے

بچوں کو بھی پال لوں گا —"

"چل ہٹ —" بجمہ کی آنکھوں میں نفرت پھیل گئی جیسے چولھے کا دھواں۔ وہ اسے دھتکار کر آگے بڑھ گئی۔

کتنی گندی ہے یہ دنیا۔ کیسی باتیں سوچتے ہیں لوگ۔ وہ گھر کی طرف روانہ ہوگئی۔ اس نے سوچا وہ نوکری بھی تو نہیں کر سکتی ان پانچ بچوں سمیت اسے کون رکھے گا۔ بچے بھی قیامت سے کم نہ تھے۔ پچھلے میں ہی ایک بار کسی تقریب میں برتن دھونے کے لیے گئی تھی تو پوری ٹیم ساتھ تھی۔ کانچ کی پلیٹیں ایک دھکے میں ٹوٹ گئیں۔ اُجرت ملنا تو دور کی بات تھی گالیاں مل گئیں۔ ایک بار گھر پر ہی بچوں کو چھوڑ کر کام کے لیے گئی تو واپسی تک منجھلے لڑکے نے اسکوٹر کی ٹکر کھائی۔ ایک ہفتے تک سرکاری ہسپتال میں مرہم پٹی کے لیے لے جانا پڑا۔

گھر پہنچی تو بچوں نے ہنگامہ مچا رکھا تھا۔ سارے خالی برتن گھر میں بکھرے پڑے تھے۔ بچے گیند کی طرح انہیں اچھال رہے تھے۔ دل تو اس کا پہلے ہی سے جلا ہوا تھا۔ جی بھر کے اس نے بچوں کو پیٹا۔ بھوکے پیٹ مار کھا کر سب بچے سو گئے۔ نیند کی دیوی بچوں پر بڑی مہربان رہتی ہے۔ چاہے ہنستے کھیلتے ہوں یا روتے سسکتے ہر حال میں وہ انھیں اپنے پہلو میں سمیٹ لیتی ہے۔

اس نے تین ماہ کے بچے کو گود میں لیا۔ باہر سے دروازے کی چٹخنی لگائی اور چوراہے کی درگاہ کا رخ کیا۔ ان آستانوں میں تو کوئی بھوکا نہیں رہتا۔ اور کچھ نہیں تو دال چاول کا تو انتظام ہو جائے گا۔ درگاہ کی سیڑھیوں پر ہی معصوم وجود کو ڈالے اپنے چہرے کو چادر سے لپیٹے ہاتھ پھیلائے بیٹھی رہی تین گھنٹے گزر گئے۔ دس پیسے چار آنے سے بڑھ کر نہیں ملا۔ پورے گن کر دیکھے تو کچھ روپیے آٹھ آنے تھے۔ اس میں تو ایک کلو چاول بھی نہیں آ سکتے

وہ اُداس ہو کر بیٹھ گئی۔ تبھی اس کی نظر ایک درمیانی عمر کی خاتون پر پڑی جو بڑے عقیدت و احترام کے ساتھ پھول کی ٹوکری ہاتھ میں اٹھائے جا رہی تھیں۔ اس کے پیچھے ایک اوسط عمر کا مرد بھی تھا جس کی کنپٹیوں کے بال سفید ہو چکے تھے۔ ان دونوں کے داخل ہوتے ہی سارے بھکاری ان سے لپٹ گئے۔

"اماں جی آگئیں اماں جی آگئیں۔"

"ارے آج تو اپنے نصیب ہی کھل گئے۔ کسی بھکارن نے کہا۔

"یہ کون ہے ——— اس نے سہمے ہوئے لہجے میں پوچھا۔ بھکارن نے سوالیہ نظروں سے اسے دیکھا جیسے کہہ رہی ہو اتنا بھی نہیں جانتی یہ دینے والے ہاتھ ہیں اور ہمارے لینے والے۔

"تو نئی نئی آئی ہے نا ——— اس لیے انہیں نہیں جانتی۔ بڑے دھنوان ہیں۔ مگر قسمت کے مارے اولاد نہیں ہے نا! اسی لیے چکر کاٹتے ہیں۔ اس درگاہ کے شاید کبھی منت پوری ہو جائے،، بھکارن اتنا کہہ کر اٹھ گئی۔

نجمہ کے ذہن میں تیزی سے ایک خیال دوڑا۔

"کیوں نہ میں ——— اور وہ پھر جھٹ سے اٹھ کھڑی ہوئی اس ننھے وجود کو سینے سے لگائے اور ان کی شاندار کار کے پاس جا کر رک گئی۔ دونوں میاں بیوی واپس آ رہے تھے۔ سارے بھکاری ان کے اطراف ہالہ کیے ٹھہر گئے۔ سبھی کو خیرات مل گئی۔ اس نے سوچا۔

"کبھی کبھی لین دین کی بات بھی بدل جاتی ہے۔ شاید آج خدا نے انھیں مجھ سے خیرات لینے کے لیے بھیجا۔ کیا ہوا اگر ایک بچہ انھیں دیدوں اور تو پانچ میرے ساتھ رہیں گے۔ یہ تو آرام سے پل سکے گا۔ اس نے اس معصوم کی پیشانی چوم لی مگر جانے کیوں دل کے شیشے میں شگاف سا پڑ گیا،

تبھی وہ کار کے قریب پہنچے۔

"میم صاحب" اس نے پکارا۔ دونوں ہی نے مڑ کر دیکھا۔ اس نے اس کلبلاتے وجود کو آگے کیا۔

"کیا آپ اسے خرید لیں گے۔" الفاظ تحلیل ہو کر رہ گئے۔

"تم ـــــ تم اس بچے کو بیچ رہے ہو۔ عورت نے پوچھا۔

"جی ......ـ ہاں .... ہاں۔ اس نے گردن ہلا دی۔

"مگر کیوں ـــــ؟" مرد نے سوال کیا۔

"میرے اور بچے ہیں صاحب انہیں پالنا ہی مشکل ہے اس کے باپ کو تین سال کی جیل ہو گئی ہے۔ اگر آپ اسے خرید لیں تو دوسرے بچے جی سکیں گے۔ پتہ نہیں وہ کہاں سے اتنا بولنا سیکھ گئی۔

"تم .... تم اس کی ماں ہو ــــــ" عورت نے بالآخر کہہ دیا۔

"ہاں .... ہاں میں ماں ہوں ۔" اس نے محسوس کیا جیسے وہ زمین کے اندر دھنسی جا رہی ہو۔ اس نے بھیگی پلکیں اوپر اٹھائیں۔ اس کی نظر کچرے کے ڈھیر پر دانہ چگتی ہوئی ایک مرغی پر پڑی۔ جس کے اطراف ننھے ننھے کئی چوزے تھے جنھیں وہ اپنی زبان میں پکار پکار کر دانہ کھلا رہی تھی۔ تبھی ایک بلی اسے گھورتے ہوئے قریب آ رہی تھی۔ مرغی نے غصے میں اپنے پیر پھیلا دیئے سارے چوزے دوڑ کر اس کے پروں میں چھپ گئے۔ اس نے بلی کی طرف تیز نظروں سے دیکھ کر پکارنا شروع کیا۔ بلی نے اپنے قدم پیچھے ہٹا لیے۔ ٹھیک اسی وقت نجمہ نے اپنے آگے بڑھتے ہوئے ہاتھ سمٹ لیے۔

" نہیں ——— میں نہیں دوں گی اِسے۔ اس بے زبان کے پاس ممتا ہے تو کیا میں .... نہیں ہرگز نہیں ——— " اس نے فخریہ انداز میں گردن اٹھائی اور اس عورت کی طرف دیکھ کر کہا۔

" تم کیا ہو کچھ بھی نہیں ——— میں ——— میں تو ایک ——— ماں ہوں ——— ماں۔ " دنیا کی مقدس ہستی۔ کیا پتہ اس کوکھ سے پیدا ہونے والا کوئی انسان بنے یا فرشتہ یا پھر ....

اس نے اس وجود کو سمیٹ کر گلے لگالیا۔ اپنے بوسیدہ ساڑی کے آنچل میں اُسے لپیٹ کر کمر میں باندھ لیا اور اس سامنے والے کامپلکس کی طرف بڑھ گئی۔ جہاں کئی عورتیں سروں پر سمنٹ کے ٹوکرے اٹھائے سیڑھیاں چڑھ رہے تھے۔ شاید نجمہ کی ہمت کا یہ پہلا قدم تھا اس طوفان کے بعد۔

سائبان

سائبان ——— جس کا نہ کوئی در ہے نہ دیوار نہ دریچہ ———

ایک کھوکھلی پناہ گاہ جو تحفظ نہیں دے سکتی ۔ سردیوں کی یخ بستہ رات ہو یا گرمیوں کی جھلسا دینے والی لو یا پھر طوفان کے تیز جھکڑ ۔

مکان اور سائبان میں بہت فرق ہوتا ہے ۔ انسان مکان میں خود کو محفوظ سمجھتا ہے کم سے کم جانور نما لوگ تو اندر نہیں گھس جاتے ——— سائبان میں تو چاروں طرف سے حملے کا اندیشہ رہتا ہے ۔

اب وہ سائبان میں ہی تو رہنے لگی تھی ۔ مکان تو کب کا لوٹ چکا مکین ہی نہ رہے ۔ ماں تو بچپن سے شباب کی طرف آتی ہوئی کلی کو نظر بھر کر بھی دیکھ نہ پائی کہ نظر بند ہو گئی ۔ لے دے کے ایک باپ ہی تو تھا ۔

کیسے عیش کے دن تھے وہ ——— اس کے چہرے پر تھوڑی سی ناگواری کے آثار بھی نظر آتے تو ماحول موسم کی طرح بدلنے لگتا پاپا کو فکر لاحق ہو جاتی ۔ نوکر چاکر اس کے ارد گرد منڈلانے لگتے ۔ وہ شانِ بے نیازی سے حکومت کر رہی تھی ۔ نہ کسی انقلاب کا خوف تھا اور نہ کسی دشمن کی خفیہ سازشوں کا، وہ تھی اور اس کی بے نیازیاں ——— مگر اسے کیا پتہ تھا کہ قسمت بھی کبھی کسی مکار ساتھی کی طرح دغا دے جاتی ہے

ناز و نعم میں پلنے والی فلکی کو دھیرے دھیرے احساس ہونے لگا کہ زندگی خوش گوار ہوا کا جھونکا نہیں بلکہ تپتی دوپہر میں ریت پر چلنے کا نام ہے۔

پپا کا بزنس زوال کی طرف آمادہ تھا۔ گھر کے حالات بدلنے لگے۔ آسائش کی گھڑیاں اڑنے کو پر تولنے لگیں۔ ملازمین کی تعداد گھٹنے لگی۔ کپڑے لتے میں انحطاط آگیا۔ ضروریاتِ زندگی سمٹنے لگی۔ پپا کی صحت دن بہ دن گرتی جا رہی تھی۔ قرض کا بوجھ بڑھ رہا تھا۔ آخر ایک دن انھوں نے فلکی کو قریب بلایا۔

"فلکی ——— بیٹی میں تجھے لفظوں کے کچے دھاگے میں نہیں باندھوں گا۔ میرے جیتے جی اگر تو حقیقت کی چٹانوں سے ٹکرانے کی ہمت پیدا کرلے تو میں سکون سے مر سکوں گا۔ میرے خواب ریت پر چٹانوں کے نشان کی طرح مٹ گئے۔ میری خواہش کینسر کے مریض کی طرح آہستہ آہستہ دم توڑ رہی ہیں۔ لاکھ کوشش کے باوجود میں تجھے زندگی کے سرسبز و شاداب گلستان کی سیر نہیں کروا سکتا۔ تیرے لیے زندگی ایک صحرا ہے، بیابان ہے ——— شاید میرے بعد ممکن کبھی سائباں بن جائے۔ ہمت اور حوصلے کے پتوار کو تھام کر زندگی کے طوفان میں ناؤ کھیتی چلی جا ———" ان کی آواز بھرا گئی جیسے پیمانہ لبریز ہوگیا ہو۔

یہ دولت بھی عجیب شئے ہے شاید اس سے بڑھ کر بے وفا کوئی نہ ہو کبھی کسی کی رفیق بن جاتی ہے تو کبھی کسی کی رقیب ——— مگر لگتی سبھی کو پیاری ہے۔ حسین اتنی کہ جس کے گلے لگ جائے دنیا کا سارا عیش سمٹ کر قدموں پر ڈالدے۔ اور بدصورت اتنی کہ اگر کسی سے دور ہو جائے تو آدمی کو خودکشی پر مجبور کردے ——— اس کے باوجود دنیا کی آرزو اور تمنا بن کر ماحول کو منتشر کر رہی ہے۔ اس ایک لفظ میں سمٹی کئی داستانیں بکھری پڑی ہیں۔

فلکی کو پستی کی طرف آنا پڑا۔ اس نے ایک کمپنی میں ملازمت کرلی۔ عروج

سے زوال کا زمانہ ذہنی انتشار کا ہوتا ہے۔ ارتقار کی کوئی صورت نظر نہیں آتی بجھے بجھے سے لمحے، یادوں کے قافلے آدمی کو انقلابات سے دو چار کردیتے ہیں۔ فلکی کے ساتھ بھی یہی ہوا۔ ایک ایک کرکے زندگی کی قدریں لوٹتی گئیں۔ حالانکہ اس نے پپا کے جملوں کو لاٹھی سمجھ کر سنبھال لیا تھا۔ مگر پھر بھی وہ انسان تھی ـــــ احساسات اور کیفیات کا پیکر ـــــ

مجبوری کے صبر آزما دنوں میں جب وہ باہر نکلی تو اس نے محسوس کیا کہ کھلے آسمان اور پھیلی ہوئی زمین کے درمیان وہ ایک سوکھے پتے کی طرح خلاؤں میں اڑ رہی ہے۔ کہیں ہوسناک نگاہیں، کہیں پُر فریب باتیں۔ کہیں جھوٹی تسلیاں اور کہیں عارضی التفات وہ سب کچھ سمجھتی تھی اور خود کو بچا کر سنبھال کر یوں رکھ لیتی جیسے لٹیروں کی بستی میں آ گئی ہو۔

ان حالات میں اس کی ملاقات ثاقب سے ہوئی۔ جو اسی کمپنی میں منیجر تھا۔ اپنے وجود کی تمام تر رعنائیوں کو جو حالات کی ضرب سے ریزہ ریزہ ہو رہی تھیں سمیٹ کر ثاقب کے سامنے پیش کیا تو اس نے غیر محسوس طریقے پر فلکی کو اپنے دل کے فریم میں بٹھا لیا۔

"مس فلکی آج سے آپ میری سکریٹری رہیں گی ــــ"

"جی ـــــ جی بہت اچھا ـــــ وہ بوکھلا گئی۔ اور پھر وقت کے پرندے نے اپنے پر پھیلا دیے۔

فلکی جو حالات کی ستم ظریفی کا شکار تھی ثاقب کے سنجیدہ التفات پر مسحور ہوگئی۔ اور ثاقب تھا بھی اتنا وضع دار کہ اس نے فلکی کو اس کی کم مائیگی کا احساس بھی نہ ہونے دیا۔ ریشم کا ایک مہین سا پردہ دو دلوں کے درمیان تھا۔ کوئی بھی اسے سرکانے کی کوشش نہ کرتا۔ مبادا کہیں انا کو ٹھیس پہنچے مگر پھر بھی ایک دن

ثاقب نے اظہار کر ہی دیا۔

"فلکی ـــــ تم مجھے بہت اچھی لگتی ہو دل چاہتا ہے ہر دل تمہارے ساتھ رہوں۔"

"تم .... مگر .... میں تو ایک معمولی سی ....."

قبل اس کے کہ وہ اپنا جملہ مکمل کرتی ثاقب نے اس کے منھ پر ہاتھ رکھ دیا۔

"میرے خیالات میرے اپنے ہیں میں نے تم سے رائے نہیں مانگی۔ اس لطیف احساس سے بھی گزر جانے دو میں سرور بھی ہوں اور مطمئن بھی ـــــ"

ثاقب کے اس جملے نے فلکی کے لبوں پر خاموشی کی مہر لگادی مگر دل میں ہلچل مچادی۔

ثاقب ـــــ ثاقب ـــــ ثاقب

ایک نام ایک آواز ـــــ ایک گونج ـــــ درد کی لکیر کی طرح فلکی کے وجود میں جانے کہاں تک کھنچ گئی تھی۔ ایک خاموش کسک کے ساتھ ثاقب اس کے نہاں خانے میں آباد ہوگیا۔ اور اپنے وجود کے جگنو سے اس کے دل میں روشنی بکھیرنے لگا۔ وہ اس روشنی کے سہارے اندھیری راہوں پر چلنے لگی۔

معاش کی تلاش نے فلکی کو زندگی کے سارے تلخ تجربے سکھا دیئے اس نے اپنے آپ سے سمجھوتہ کرلیا۔ مجبوریاں انسان کو باغی بنا دیتی ہیں یا پھر مفکر ـــــ ثاقب نے امیدوں کے ننھے ننھے دیے جلاکر اس کے تخیل کی دنیا آباد کردی وہ خوابوں کے جزیرے میں مست خرام ہوگئی۔ اس نے حالات کا شکوہ کرنا چھوڑ دیا۔ ایک آس، ایک امید اس کی زندگی میں سانسوں کی طرح شامل ہوگئی۔

"ثاقب نہ ہوتے تو کیا ہوتا ـــــ" وہ پپا کی گرتی ہوئی حالت کو دیکھ کر سوچتی۔ کتنی ہمت دلایا کرتے تھے ثاقب۔ پپا کو بھی تو تسلی تھی مگر فلکی

اتنی خود دار بھی تھی کہ اس نے تحفے کے نام پر ثاقب سے کبھی کوئی خیرات نہیں لی وہ محبت کو دولت کے ترازو میں تولنے کی قائل نہیں تھی کیوں کہ محبت از خود ایک دولت ہے۔

ایک شام جب فلک کے ماتھے کی بندیا ڈوب رہی تھی پپا کی سانس اوٹ گئی۔ ایک زلزلہ آگیا ـــــــ اس کا دل دہل گیا۔ آنکھیں فریادی بن گیئں اور زندگی ایک سوال ـــــــ؟

فلکی سوچتی رہی ـــــــ پپا نے کتنی بے رخی سے منہ موڑ لیا یہ موڑ بھی بڑے بے درد ہوتے ہیں۔ راستوں کے موڑ راہی بدل دیتے ہیں، درد کے موڑ دامن بھگوتے ہیں۔ اور زندگی کے موڑ حالات بدل دیتے ہیں۔

پپا کی موت کے بعد فلکی کو گھر بھی چھوڑنا پڑا۔ قرض اتنا کچھ تھا کہ مکان فروخت کرنا ضروری ہوگیا تھا۔ ایک چھوٹا سا کمرہ اس نے کرایہ پر لے لیا۔ اور اپنی پوری کائنات اسی میں سمیٹ لی۔ زندگی کی صعوبتوں سے گزرتی فلکی ثاقب کو ایک مضبوط ستون سمجھ رہی تھی۔ مگر یہ ستون بھی اس وقت گر گیا جب ثاقب نے اس کے وجود کو مجبوری کے بارود سے اڑا دیا۔

"فلکی ـــــــ میں ـــــــ میں تم سے کچھ کہنا چاہتا ہوں۔" فلکی صرف دیکھتی رہ گئی ـــــــ

"کیسے کہوں ـــــــ سمجھ میں نہیں آتا ـــــــ" ثاقب جملوں کو تلاش کر رہا تھا۔ فلکی کے ذہن میں اندیشوں نے سرگوشی کی وہ ثاقب کے اڑتے ہوئے رنگ کو سمجھ رہی تھی۔

"ثاقب خود کو معمہ اور مجھے پہیلی نہ بناؤ۔ مجھ میں اتنی ہمت ہے کہ سچ کا سامنا کرسکوں۔ میں خود تم سے ایک سوال کرنا چاہتی ہوں۔" دفعتاً فلکی

سے کہا۔

"مطلب ــــــ" ثاقب کے لہجے میں گھبراہٹ تھی۔

"سیدھی سی بات ہے ــــــ میرے وعدوں کا حساب دے دو۔ میں اس ہجوم تنہائی سے گھبرا گئی ہوں۔" فلکی نے کہہ ڈالا ــــــ

"میں ۔۔۔۔ میں تمہارے ساتھ ہوں فلکی ــــــ" لفظ ٹوٹ رہے تھے۔

"ہاں یقیناً تم میرے ساتھ ہو ــــــ آنکھ میں نور کی طرح، دل میں دھڑکن کی طرح ــــــ مگر ــــــ مگر

"مجھے معاف کر دینا ــــــ ڈیڈی نے مجھے بیچ ڈالا ــــــ" ثاقب رک گیا۔

بیچ ڈالا ــــــ کیا مطلب ــــــ" فلکی حیرتوں میں ڈوب رہی تھی۔

"ہاں فلکی۔ ڈیڈی کے دوست کا بہت بڑا بزنس ہے اور ڈیڈی نے اس کی پارٹنرشپ مجھے دلوادی اور اس کے بدلے ان کی لڑکی کا ہاتھ میرے ہاتھ میں دے دیا ــــــ میں ڈیڈی کے غصے سے واقف ہوں۔

"میں مجبور ہوں ــــــ" آخر کار سچائی کا سامنا فلکی کو کرنا ہی پڑا۔

"اچھا ــــــ" وہ ایک لمبی سانس کھینچ کر رک گئی۔

"مجھے غلط نہ سمجھو ــــــ میں مجبور ہوں میں تو تمہیں دل سے پیار کرتا ہوں۔"

"نوازش ــــــ عنایت بڑے حوصلہ مند ہو اور بے خوف بھی۔

بڑی وسعت ہے تمہارے دل میں۔''
جانے فلکی میں اتنا ٹھہراؤ کیسے آ گیا۔
"مجھے غلط نہ سمجھو ——"
"نہیں —— میں تو خود غلطی پر تھی بھول تو مجھ سے ہوئی —— تم کمپنی کے منیجر اور میں ایک معمولی کلرک —— بھلا کیا میل تھا۔ سچ تو یہ ہے کہ تم اس وقت مجھے ملے جب میں شدید طور پر زخموں سے کراہ رہی تھی۔ لفظوں کا مرہم دے کر تم نے میرے زخم بھر دیے اور میں —— میں پاگل —— تمہاری ہمدردی تمہارے رحم کو جانے کیا سمجھ بیٹھی۔
"مجھے معاف کر دو فلکی —— میں شرمندہ ہوں" ثاقب کا جواب بے جان سا تھا۔
"بس کیجئے ثاقب صاحب —— اس افسانے کو یہیں ختم کیجئے۔ بڑی آسانی سے آپ نے دل کی سرحد پار کر لی یہ نہیں سوچا کہ آرزوؤں کی رہ گزر سونی ہو جائے گی۔ تمناؤں کی بستی اجڑ جائے گی۔ امید کی دنیا لٹ جائے گی۔ شاید —— شاید آپ کے پاس احساس کا کوئی مقام نہیں۔ چلو اچھا ہوا —— آزاد کر دیا تم نے —— دل کے مکیں تو بن گئے مگر میرے لیے مکان کے بجائے سائباں دے دیا تم نے۔ یقیں اعتماد بھروسے کے سارے گھروندے توڑ ڈالے تم نے ——" فلکی کے صبر کا بندھ ٹوٹ گیا۔
"ایسا نہ کہو فلکی —— میں تمہارا ساتھ ضرور دوں گا ——"
ثاقب کے لہجے میں التجا تھی۔
"مجھے اپنا دوست سمجھو مجھ سے وفا کی امید رکھو ——"

"ثاقب صاحب! وفا کے انمول موتی محبت کے سمندر میں، چاہت کی گہرائی میں جذبات کی سیپ میں بند رہتے ہیں۔ انہیں حاصل کرنے کے لیے پیرا کی سیکھیے۔ اور وہاں ——— جذبات کو کشکول سمجھ کر کھو کھلے لفظوں کی خیرات اس میں مت ڈالیے۔ آپ کا یہ التفات میں اپنے لیے ایک گالی سمجھتی ہوں۔ جائیے ——— جائیے یہاں سے۔ یہ رہگزر ہے آپ کی منزل نہیں ——"
فلکی نے دروازہ بند کرلیا۔

شام کا تھکا ماندہ سورج اپنی پناہ گاہ کی طرف رواں تھا۔ موذن کی اذاں نے خدا کی عظمت کا احساس دلایا اور وہ سجدہ ریز ہو گئی۔

"اے مالکِ حقیقی میں سائباں میں ضرور رہوں مگر تیری پناہ چاہتی ہوں تو میرا محافظ ہے۔ سچ تو یہ ہے کہ تیرے اس پھیلے ہوئے سائباں کے نیچے سبھی پناہ گزیں ہیں ———" اور پھر جیسے اس کے دل کو قرار آگیا۔ اک مضبوط سہارا مل گیا۔

اب بھی فلکی سائباں میں ہی رہتی ہے نہ کسی نے دیوار اٹھائی نہ کسی نے دریچہ کھلوایا۔ لوگ آئے اور چلے گئے ——— کوئی جگہ پُر نہ ہو سکی۔ فلکی کے چہرے پر وقت کی گرد نے کوئی تہہ نہیں چڑھائی بلکہ اس کے چہرے پر آج بھی مریم کی پاکیزگی اور زلیخا کی وفا کا نور جھلک رہا ہے۔

دھرتی کا دکھ

چاروں طرف ٹوٹے مکان کے ملبے ہی ملبے تھے۔ کھنڈروں کی یہ بستی عجیب بے بسی کا منظر پیش کر رہی تھی۔ لاشوں کی قطاریں کھلے میدانوں میں یوں رکھی تھیں جیسے راشن شاپ پر خریداروں کا ہجوم، اینٹ مٹی اور پتھروں کے ڈھیر پر بارش کا چھڑکاؤ جاری تھا۔ شاید انسانی زندگی کی پامالی پر فلک بھی اشک بار ہو گیا۔

چیختی ہوئی آوازیں، آہ وزاری، فریاد، بچوں کا شوروغل، بھوک اور پیاس کی صدائیں۔ ہاہاکار ——— اور کتوں کے بھونکنے کی آوازیں۔ شاید جانور بھی اس منظر سے دل خراش ہو کر آواز دینے لگا تھا۔ مکان تو رہے نہیں مکیں جو بچ گئے وہ زندہ درگور تھے۔ ہر ملبے کے ڈھیر کے سامنے چار پانچ لاشیں ضرور موجود تھیں۔ اور کہیں ایسا بھی تھا کہ ان لاشوں کے لیے نوحہ خواں بھی کوئی نہ بچا۔

امدادی کاموں کی ٹیم مصروف بہ کار تھی۔ پھنسی ہوئی اور کچلی ہوئی لاشوں کو ملبے سے باہر کھینچنا بڑا تکلیف دہ کام تھا۔ تعفن کی وجہ ٹھہرا بھی نہ جاتا تھا۔ بجلی کے تار زمین پر بکھرے پڑے تھے۔ ہر چیز کا سلسلہ منقطع ہو گیا تھا۔ گھٹاٹوپ اندھیرا، خوفناک سائے، رک رک کر چمکتی بجلیاں جیسے کسی دم توڑتے

مریض کی آخری ہچکیاں ہوں۔ ریلیف کیمپ کے پاس ستم زدہ عورتوں بچوں اور بوڑھوں کا ہجوم تھا۔ جو زندگی کی اہم ضرورت روٹی" کپڑا اور مکان کے لیے دامن پسارے ہوئے تھے

ان سب سے الگ ایک بڑھیا تھی جو سب کے لیے سوالیہ نشان بن گئی تھی۔ ایک بڑے سے ملبے کے ڈھیر کو کریدتی ہوئی منھ ہی منھ کچھ بڑبڑاتی جا رہی تھی۔

میری عمر بھر کی پونجی یہاں ہے ——— کوئی میری مدد کرو۔ میری صندوقچی نکال دو۔ اس میں میرا سارا دھن ہے ——— امدادی ٹیمیں بڑھیا سے سوال کرتی رہیں مگر سوائے دھن دولت کے وہ کچھ بھی نہ کہتی سب کو پتہ تھا کہ جب زندگیاں مٹ گئی تو پھر سرمایہ کہاں بچے گا۔ بڑھیا شاید پاگل ہو گئی تھی۔

عجب رنگ ہے لیل و نہار کے جو بہار کا پہلا پھول تھے۔ وہ تو کھلا گئے جو خزاں رسیدہ زرد پتے تھے۔ ابھی وہ ڈال پر لرز رہے تھے۔ نہ زندگی نہ موت جانے کون سے عالم میں تھے۔

بڑھیا کی دیوانگی کا یہ حال تھا کہ ملبے کو کریدتے کریدتے جب تھک جاتی تو اسی مٹی کی گود میں سو جاتی۔ چند لوگوں نے یہ ضرور اندازہ لگا لیا تھا کہ شاید بڑھیا کے پاس جو اثاثہ تھا اسے زمین نے نگل لیا اور اسی بنا پر وہ پاگل ہو گئی ہے۔ پھر سب نے یہ بھی خیال کیا کہ بھلا اس کنگال بڑھیا کے پاس کون سی ہفت اقلیم کی دولت ہو سکتی تھی۔ جس کے لیے وہ اس قدر سرگرداں ہے۔ مگر یہ بھی غلط نہیں کہ بھکاری بھی سود کا کاروبار کرتے ہیں۔ کچھ ہی دن پہلے درگاہ میں جب ایک بھکارن کی موت ہو گئی تو تحقیقات پر پتہ چلا کہ اس کے سرہانے والے تکیے میں پانچ پانچ سو کے نوٹ جنھیں بڑے سلیقے سے پھٹے پرانے

کپڑوں میں لپیٹ کر روئی کی طرح تکیے میں بھرا گیا تھا۔ دستیاب ہوئے ——
پیسا چیز ہی ایسی ہے انسان جس کے آگے کمزور پڑ جاتا ہے۔

ان ہی دنوں منسٹر صاحب کا دورہ بھی ہوا جو ہاتھ جوڑ جوڑ کر سر کو جنبش دے کر آنکھوں میں گلیسرین کے آنسو لا کر ایک منجھے ہوئے اداکار کی طرح ہر مصیبت زدگان کے پاس تسلی دینے آئے اور بھرپور مدد کے وعدے بھی کئے جا رہے ہیں۔

یہ وعدے بھی بڑے عجیب ہوتے ہیں۔ کئی رنگوں میں اس کے جلوے ہیں۔ انسان کو زندہ بھی رکھتے ہیں اور کبھی موت سے ہمکنار بھی کر دیتے ہیں ——
دوستوں کے وعدے تسلی دیتے ہیں، لیڈروں کے وعدے جھوٹے خواب دکھاتے ہیں۔ دشمنوں کے وعدے تباہ کرتے ہیں۔ جھوٹے وعدے منجدھار میں رکھتے ہیں جھینر کے وعدے پھانستے ہیں۔ وفا کے وعدے زندگی دیتے ہیں —
اور لوٹنے وعدے موت۔

دیپک اور انوار ان شریف انسانوں میں سے تھے۔ جو امدادی ٹیموں کے ساتھ محض اس لئے چلے آئے کہ تلاشِ معاش کر لیں۔ سارا دن مصیبت زدہ لوگوں کی مدد کرتے اور رات کو ملبوں کے ڈھیروں میں تلاشی مالِ غنیمت کی —— یہ ضروری بھی تو تھا اگر انھیں نہ ملتا تو اسے بھی مٹی ہی کھا لیتی۔
کسی کی موت سے کوئی تو مستفید ہو۔ —— دیکھا تو یہی گیا ہے کہ مرنے والے کے چھوڑے ہوئے مال و متاع پر اقربا کی نظر بڑی گہری ہوتی ہے اور اس دولت کو بٹورنے کے طریقے بھی دلچسپ ہوتے ہیں۔ یہاں تو دیپک اور انور مدد کے لیے آئے تھے یہ اور بات تھی کہ انھیں سرِ راہ کچھ مل جاتا تو وہ ان کا اپنا ہوتا۔ ویسے منگل سوتر، ہاتھوں کے کڑے، کانوں کے جھمکے، پاؤں کے پازیب

دستی گھڑیاں، نوٹوں کی میلی گڈیاں وغیرہ۔ ان کا اثاثہ بن چکی تھی۔ بے روزگاری سے تنگ آکر اچھا قدم اٹھالیا تھا۔ انھوں نے ——— ہاں اس بات کا بھی انھیں شدید احساس تھا کہ بے چارے مرنے والوں نے زندہ لوگوں کی بڑی مدد کر دی۔

دونوں نے جب بڑھیا کو دیکھا تو قسم کھالی کے اس کی دولت ضرور نکالیں گے۔ کیوں کہ یہ بات طے شدہ تھی کہ صندوقچی سے نکلا ہوا مال آدھا آدھا بانٹ لیا جائے گا——— بڑی تندہی کے ساتھ انھوں نے ملبہ صاف کرنا شروع کیا جب تھک جاتے تو بڑھیا بڑے پیار سے ان کا سر سہلاتی۔ رلیف کیمپ سے ان کے لیے کھانا لے آتی سارا دن تو گزر جاتا۔ مگر شام کے سائے دراز ہوتے ہی خوفناک اُداسی پھیل جاتی۔ سڑی ہوئی لاشوں کی بدبو، ٹوٹی عمارتوں کے ملبے اندھیرے میں رینگتے سایے، سسکیوں اور آہوں کی بازگشت، زخمیوں کی کراہیں قطار در قطار جلتی ہوئی چتائیں۔——— یوں لگتا تھا جیسے شہرِ خموشاں میں چراغاں ہوں۔

متواتر دو دن اور دو رات کی تھکن سے چور دیپک اور انور نے طے کر لیا کہ آج وہ اپنا مقصد پورا کر کے ہی رہیں گے۔ اینٹ، پتھر اور مٹی کا بڑا حصہ نکل چکا تھا اور ملبہ ایک گڑھے میں بدل گیا۔ وہ زندہ انسان مردہ مکینوں کے گھر اترے خوف ضرور مسلط تھا مگر آس بڑی چیز ہے۔ اندھیرے میں ٹٹولتے ہوئے کوئی چیز ان کے ہاتھ لگ گئی۔ پچ مچ یہ ایک صندوق تھا۔ دونوں نے جھپٹ کر اٹھایا۔ اور اوپر لے آئے۔ صندوق کو دیکھتے ہی بڑھیا نے اسے دونوں سے چھین لیا۔ اور بے تحاشہ اسے سینے سے لگا لیا۔ اس کی کمزور آنکھوں سے لاتعداد آنسو بہہ نکلے۔ دفعتاً دیپک اور انور کے دل میں خیال آیا کہیں ایسا

نہ ہو بڑھیا صندوق لے کر چمپت ہو جائے اور ان کی ساری محنت اکارت جائے۔ ایک جھٹکے سے دونوں نے بڑھیا کے ہاتھ سے صندوق چھینا۔ اس پر پڑے چھوٹے سے تالے کو پتھر مار کر توڑ دیا اور جیسے ہی صندوق کھلا بڑھیا سامان پر گر پڑی۔ دیپک نے بڑھیا کو پرے دھکیل دیا اور سامان کی تلاشی لینی شروع کی ـــــ مگر ـــــ مگر اس میں ایک قمیص جس پر خون کے بڑے بڑے دھبے تھے، ایک پتلون جو جا بجا پھٹا ہوا تھا۔ ایک چھوٹی سی ننھی پرس جس میں رکھا پانچ کا نوٹ اپنی خستگی کا شکوہ کر رہا تھا۔ ایک کنگھی ایک عدد جوتا جس کا تلا پھٹا ہوا تھا اور ایک نوجوان کی تصویر جس کے چہرے پر فرشتوں جیسی مسکراہٹ تھی اس کے علاوہ اور کچھ نہیں

"اسی کے لیے تو نے ہمیں پریشان کیا بڑھیا ـــــ" دونوں نے سامان اس کے منہ پر پھینک دیا۔ بڑھیا نے سامان سمیٹ لیا اور اس تصویر کو لے کر سینے سے لگا لیا۔ کبھی وہ اسے چومتی کبھی بلائیں لیتی اور کبھی آنکھوں سے لگا لیتی۔ دونوں اس کا یہ تماشا دیکھ رہے تھے ـــــ آخر کار انور نے پوچھا۔

"تو نے تو دھن دولت کی بات کی تھی ـــــ"

دیپک نے بھی سوال کیا۔

"تو نے تو کہا تھا تیری پونجی اسی میں ہے۔"

"ہاں ـــ ہاں ـــــ" بڑھیا نے چیخ کر کہا۔ "میری تو کل پونجی یہی ہے۔ دیکھو ـــــ دیکھو اس تصویر کو یہ میری عمر بھر کی کمائی ہے میرے من کا چین ہے، میری آنکھوں کی ٹھنڈک میرا بیٹا ـــــ ہاں میرا بیٹا۔ میرا دھن ہے یہ ـــــ" وہ رو پڑی۔

"وہ رہا نہیں بس اس کی یہ تصویر ہی رہ گئی۔"

"کیا ہوا تھا اُسے ——" دیپک اور انور نے یک وقت سوال کیا۔

"چار سال پہلے بھی ایسا ہی بھونچال آیا تھا —— مگر زمین پر نہیں دلوں پر —— جانے کون تھے وہ درندے جنھوں نے آگ لگائی گھر اُجاڑے بے عزت لوٹی، قبریں کھودیں، چتائیں جلائیں۔ میرا معصوم بچہ بھی فساد کی بھینٹ چڑھ گیا۔ جانتے ہو بیٹا دھرتی کب پھٹتی ہے، بھونچال کب آتا ہے۔ جب کسی ماں کے سامنے اس کی اولاد کا خون بہنے لگتا ہے۔ ماں بھی دھرتی کی طرح ہوتی ہے اس کی کوکھ سے کونپل پھوٹتا ہے۔ پروان چڑھتا ہے، پھل پھول دیتا ہے اس کی جڑیں دور تک زمین میں پھیل جاتی ہیں۔ بڑے بڑے درخت کاٹے جاتے ہیں اکھاڑے جا سکتے ہیں مگر ان کی جڑیں دھرتی میں اتنی مضبوطی سے بندھ جاتی ہیں کہ اسے کوئی نہیں کھینچ سکتا۔ وفاداری کی اس سے بڑھ کر مثال اور کیا ہو سکتی ہے —— لیکن جب ایسے کئی درخت کٹنے لگتے ہیں اور صرف جڑیں ہی باقی رہ جاتی ہیں تب ماں کی چھاتی پھٹ جاتی ہے اور لوگ اسے بھونچال کہتے ہیں۔ سچ تو ہے بیٹا یہی دھرتی کا دکھ ہے ——!!

١٥٩

ڈاکٹر راج بہادر گوڑ

فن اور مواد میں ارتقا کی داستاں
فریدہ زین کی کہانیاں

فریدہ زین کی کل ۳۳ کہانیوں کے تین مجموعے چھپ چکے ہیں. ہر مجموعے میں ۱۱ کہانیاں ہیں۔ پہلا مجموعہ "سسکتی چاندنی" ۱۹۷۹ء میں چھپ تھا۔ دوسرا مجموعہ "دل سے دار تلک" ۱۹۸۲ میں شائع ہوا اور تیسرا مجموعہ "اے گردش دوراں" ۱۹۹۱ء میں منظر پر آیا

ان ساری کہانیوں کو پڑھنے کے بعد مجھے احساس ہوا کہ فریدہ زین کی زبان، فن اور کہانی کے مواد میں مسلسل ارتقا کی کیفیت واضح ہے۔ اور اپنی لساط کے مطابق اس مضمون میں اس پہلو پر روشنی ڈالنا چاہتا ہوں۔

کسی بھی فن پارے کی تہہ تک پہنچنے کے لیے ان عوامل کا جائزہ ضروری ہے۔ جو تخلیق فن کا باعث ہیں۔ ان میں بہت باتیں آجاتی ہیں۔ خود فنکار کی اپنی زندگی اس کے اتار چڑھاؤ۔ اس کا طرب و کرب اس سے فنکار کے ذہن کی ساخت ہوتی ہے اور ذہن کا مزاج بنتا ہے۔ پھر غم ذات کے ساتھ غم دوراں کا مشاہدہ بھی ہے اور فنکار نے اسے بھگتا بھی ہے۔ کبھی تو غم ذات غم دوراں کا حصہ ہی ہوتا ہے اور کبھی کچھ الگ بھی۔ غم دوراں اپنے سارے کرب کے ساتھ فنکار کے ذہن پر ارتسامات چھوڑتا ہے۔

یہاں سے تخلیق کی کشمکش شروع ہوتی ہے۔ فنکار نے اگر غم ذات۔

کے اظہار میں اپنی فنی تخلیق کا جواز بنایا تو یہ اظہار ایک معنی میں محدود ہو جائے گا۔ لیکن چوں کہ غمِ ذات اوروں کا بھی تجربہ ہے اس لیے سماج کے اس محزون حصے کا اپنا غم بھی ان تخلیقات میں منعکس ہوگا۔ اور یہی فنی تخلیق کی محدودیت میں بھی سماجی اپیل کی بنیاد بنے گا۔

لیکن ذاتی کرب نے چوں کہ فنکار کے ذہن کو نہ صرف غم شناس بنا دیا ہے بلکہ دوسروں کے غم سے اس قدر شدید تاثر حاصل کرنے کے قابل بنا دیا ہے کہ وہ دوسروں کے غم کو بھی اپنا غم سمجھتا اور اس کے کرب سے مضطرب ہو جاتا ہے۔ یہ ایک طرح "غمِ ذات" کی ارتقا ہے۔ اس ارتقا کی اگلی منزل یہ ہوگی کہ فنکار ان غم انگیز عوامل سے مقابلہ کا حوصلہ پیدا کرے اور زندگی کو سنوارنے کے لیے جدوجہد کرے۔ زندگی جینے کے لیے ہے اور جینے کے لیے ناسازگار حالات سے مقابلہ ضروری ہے۔ جہدِ حیات ہی حیات کا حیات افروز نام ہے۔ اب فنکار کے فن کا جواز جہدِ حیات ہے۔ پھر یہ جدوجہد بھی فن کار کی اپنی جدوجہد ہے اور انفرادی زندگی اب سماجی زندگی کا ایک حصہ بن چکی ہے۔ اس لیے زندگی کے آلام کے خلاف جدوجہد کے سماجی ابعاد زیادہ نمایاں ہو جاتے ہیں۔ یہی وہ سفر کا حصہ ہے جہاں فنکار اور ادیب مشعلِ جہاد ہاتھ میں لیے سماج کے آگے آگے چلنے والی صفوں میں ہوتا ہے۔ اور اس کی فنی تخلیقات اب قطرہ میں دجلہ دیکھتا ہی نہیں دوسروں کو دکھاتے اور پھر خود دجلے کے بہاؤ کے تعین کرنے کا وسیلہ بن جاتی ہیں۔

فریدہ زین کی زندگی نے بہت کرب دیکھا ہے۔ ابتدائی عمر ہی میں باپ کی رحلت دیکھی۔ ماں کی ہاتھوں کی چوڑیاں ٹوٹتی دیکھیں۔ زندگی میں خلا پیدا ہوتا ہوا محسوس ہوا۔

اس تاریکی میں جو امید کی کرن پھوٹی اور جس نے فریدہ کو حوصلہ دیا وہ

زین العابدین سعید ایڈووکیٹ (کھونگیر) سے ازدواجی رشتے میں منسلک ہوتا تھا۔ زین فریدہ کے لیے نہ صرف ایک اچھے شوہر تھے بلکہ ان کے توسن فن کو مہمیز بھی کی۔ ان کے اندر کا فن کار جو اس وقت انگڑائی لے کر بیدار ہو چکا تھا۔ جب وہ ساتویں جماعت کی طالب علم تھیں۔ اور جسے والد کی جدائی کے کرب نے کچھ سلا دیا تھا۔ اب زین کی مدد سے پھر جاگ اٹھا۔ اور فریدہ نہ صرف لکھنے لگیں بلکہ خاندانی روایات کی بندشوں کو توڑ کر چھپنے بھی لگیں۔

واضح رہے کہ روایتوں کی بندشوں کو توڑنے کا عنصر بھی اب ان کے مزاج میں داخل ہوگیا ہے۔ اور اس کے نمایاں اثرات ان کی کہانیوں میں ملتے بھی ہیں۔

یہ بالکل واضح ہے کہ فریدہ کی کہانیوں میں ایک مسلسل ارتقاء ملتا ہے۔ کہانی کے مواد میں زبان و بیان میں اور کرداروں کی تعمیر میں۔ لگتا ہے فریدہ نے عورت کو اچھی طرح سمجھ لیا ہے اور اس کی مصیبتوں کی بنیادی اور روایتی بنیادوں کو بھی محسوس کیا ہے۔ اس کا مشاہدہ تیز ہے اور وہ عورت کے ذاتی غم کو سماج کا فریضہ جانتی ہے اس نے دیکھا ہے، بھا ہے۔ اب اسے حالات کو بدلنے کی طرف بڑھتا ہے۔

راج بہادر گوڑ۔

حیدرآباد

فریدہ زین اپنی کہانیوں میں محبت کے بنیادی جذبے کے حوالے سے زندگی کی عکاسی اور ترجمانی کی ہے جو زندگی کی تاریک راہوں میں مارے جاتے ہیں۔ انھوں نے عورتوں کی سماجی حیثیت اور ان کے مسائل کو بطور خاص اپنی کہانیوں کا موضوع بنایا ہے۔ ــــــ فریدہ زین کو کہانی بیان کرنے کا سلیقہ آتا ہے، زبان پر ان کی گرفت مضبوط ہے۔ اظہار میں ایسی جاذبیت ہے کہ قاری انہیں کی زبان سے دیکھنے اور انہیں کے دل سے محسوس کرنے لگتا ہے۔ ان کے فن میں مسلسل نشو و نما کی کیفیت ملتی ہے، اسی کے ساتھ اندازِ فکر اور طرزِ احساس میں بتدریج تبدیلی کا احساس بھی ہوتا ہے، یہ ایسا وصف ہے جو فنکار سے ہماری توقعات کو غیر مختتم بناتا ہے

(ڈاکٹر مغنی تبسم)

فریدہ زین کی پہلی کتاب "سسکتی چاندنی" کی رسمِ اجرا کے موقع پر میں نے کہا تھا۔ فریدہ زین کا فنی سفر ابھی رومان کے دھندلکوں میں جاری ہے، لیکن دوسری کتاب "دِل سے دَار تک" کے مطالعہ سے واضح ہوتا ہے کہ اب ان میں رومان کے دھندلکوں سے نکلنے کا حوصلہ پیدا ہو گیا ہے، اور وہ حقائق کی تیز دھوپ میں سنگلاخ زمینوں کے سفر کو اپنا نقطۂ آغاز بنا چکی ہیں ــــــ جہاں تک سماجی مسائل کا تعلق ہے فریدہ زین نے ایک حساس اور باشعور فنکار کی حیثیت سے اس دور کے عام انسان کے مسائل کو اپنا موضوعِ سخن بنایا ہے۔ بنیادی طور پر انھوں نے اپنی کہانیوں میں غریبوں، مزدوروں اور مفلوک الحال کرداروں کے واقعات کی صحیح عکاسی کی ہے۔ ان کی کہانیوں میں تسلسل، روانی، ترسیل فضا نیز دلکشی کے سارے رنگ پوری تابانی کے ساتھ جلوہ گر ہیں، اسلوب کی نرمی، دل گدازی، شگفتگی اور سادگی اس کو سحرِ حلال بنا دیتی ہے، جس کی حدیں نثری شاعری سے مل جاتی ہیں۔

(ڈاکٹر عنوان چشتی)